Mario und der Zauberer

Das Buch zum Film

Mario und der Zauberer

**Das Buch zum Film von
Klaus Maria Brandauer**

**Herausgegeben von
Jürgen Haase**

**Henschel Verlag
Berlin 1994**

Für die Bereitstellung für Text- und Bildmaterial
danken wir dem S. Fischer Verlag, Frankfurt am Main.

Fotonachweis:
Ullstein-Bilderdienst, Berlin: S. 6, 17, 23, 103, 107.
Schiller Nationalmuseum und Deutsches Literaturarchiv, Marbach a. N.: S. 11, 12.
Thomas-Mann-Archiv, Zürich: S. 13, 15, 16, 19, 21, 101.
Suhrkamp Verlag, Frankfurt am Main: S. 11.
Alle übrigen Abbildungen: PROVOBIS.

Die Deutsche Bibliothek – CIP-Einheitsaufnahme

Mario und der Zauberer : das Buch zum Film von Klaus Maria Brandauer /
hrsg. von Jürgen Haase. – 1. Aufl. – Berlin : Henschel-Verl., 1994
ISBN 3-89487-217-9
NE: Haase, Jürgen [Hrsg.]

© der Buchausgabe: Henschel Verlag Berlin 1994

1. Auflage 1994
Gestaltung: Doren + Köster, Berlin
Lektorat: Jürgen Bretschneider
Satz: Mega-Satz-Service, Berlin
Lithos: Reprogesellschaft Lutz Wahl, Berlin
Druck: Interdruck Leipzig
ISBN 3-89487-217-9

INHALT

Heinz Ungureit	7	**ZEITLOS ZEITGEMÄSS** **Vorwort**
Eberhard Görner	9	**VOM TYRRHENISCHEN MEER ZUM »NIDDENER BLAU«** **Eine Novelle entsteht**
Jürgen Haase	25	**NOVELLE – DREHBUCH – FILM** **Metamorphosen**
	35	**SZENEN UND BILDER** **Auszüge aus dem Drehbuch MARIO UND DER ZAUBERER**
	91	**DIE FUHRMÄNNER SIND WIR** **Norbert Beilharz im Gespräch mit Klaus Maria Brandauer**
Eberhard Görner	101	**DIE NOVELLE – EIN SPIEGEL DER ZEIT**
Frank Roell	109	**TAGEBUCH** **Der deutsche Nachkriegsfilm wird kreativ**
Peter Grochmann	115	**BILDER SIND BEGEGNUNGEN** **Visuelle Impressionen**
	124	**BESETZUNG**
	125	**STAB**
	126	**AUTOREN**

Thomas Mann, 1926

Heinz Ungureit

ZEITLOS ZEITGEMÄSS
Vorwort

Luchino Visconti hatte TOD IN VENEDIG nach Thomas Mann gemacht, etwas später bewegte ihn »Mario und der Zauberer« – auch eine italienische Geschichte.

Joseph Losey und Ingmar Bergman beschäftigten sich mit der Novelle des Verführers Cipolla, der mehr ist als Magier, mehr Symbolfigur einer Verhaltenswende, von Verführbarkeiten, von Menschen, die sich mit billigen Tricks und Parolen beinahe nach Belieben vorführen lassen.

Mario Adorf wollte den Cipolla spielen; Bernhard Wicki war nach DAS SPINNENNETZ noch längst nicht fertig mit seinen deutschen Geschichtsfilmen.

Immer wieder, über drei Jahrzehnte, tauchte das Filmprojekt auf, und man weiß nicht recht, warum es nie zustande kam, obwohl so erstklassige Regisseure und Schauspieler so nah daran waren ...

Rechtefragen spielten wohl ebenso eine Rolle wie ästhetisch-literarische, filmische, finanzielle, politische. Thomas Mann selber hat die 10.000 Dollar für die Verfilmungsrechte schon nicht bekommen, obwohl er sich die Novelle so gut als Film hätte vorstellen können.

Dann erzählte eines Tages Klaus Maria Brandauer seine Vision eines Mario-Filmes. Jürgen Haase von der Provobis hatte die Rechte auf mancherlei Umwegen erworben und machte mit den eigenen Möglichkeiten des verführerischen Schauspielers eine spannende Geschichte daraus, die so nur bedingt in der Thomas Mann-Novelle von 1929, spielend im Spätsommer 1926 in Forte dei Marmi, vorkommt. Ein verführter Verführer wie Mephisto und ein Magier wie Hanussen, von beiden etwas und doch auch wieder eine ganz andere, dritte Version des Zauberers, der verfängt, bei allem einer von uns bleibt und ganz unangenehm Menschen in seinen Bann schlägt und sie fast beliebig manipulierbar macht, auch politisch.

Der Kellner Mario, weniger schuldig als andere, wird das eigentliche Opfer, im Unterschied zur Novelle Thomas Manns. Und die deutsche Urlauber-Familie des Professors Fuhrmann ist mittendrin; die be- und gefangene, nicht nur einfach die beobachtende. Immer wird man schon eine Spur zum Mittäter, wenn man bei inhumanen Vorführungen nicht nur abgestoßen, sondern ein bißchen auch fasziniert ist.

Wir sehen hier und anderswo Abwehrreaktionen auf Fremdes. Nationales bis Nationalistisches kommt allenthalben wieder hoch. »Mario und der Zauberer« kann abermals mit anderen Augen, nach gemachten Erfahrungen, gelesen und dann auch als Film gesehen werden. Eine Verhaltensänderung zeigt sich, noch mehr mit nebensächlichen Vorgängen und Irritationen, ein Manipulationsmechanismus, der Zeiten überdauert und jeweils in neuer (alter) Form zutage tritt. Alfred Andersch hatte ja schon einmal, gezielt auf den humanistisch gebildeten Vater Himmlers, resigniert gefragt: »Schützt Humanismus denn vor gar nichts?« Und Robert Musil fand, daß fünf Monate absoluter Herrschaft ausreichten, um in einer weißen Gesellschaft Menschenfresserei als eine allgemein anerkannte Tugend einzuführen.

Man braucht nicht die aktuelle Situation Italiens anzuführen (die bei der Konzeption des Filmes ohnehin keine Rolle spielen konnte), um in kaum spürbaren Verführern wie Cipolla und in wehrlosen Opfern wie Mario die Gleichnisfiguren für unsere ständig aktuellen Gefährdungen zu sehen. Auch der gebildete deutsche Urlauber an der sonnigen Küste Italiens spürt nachgerade die neuen Unannehmlichkeiten und die verwirrenden Drangsalierungs-Riten, losreißen kann er sich gleichwohl mit seiner Familie so wenig wie die anderen. Tägliche Blicke in die Gegenwart machen den Film, der in den Zwanzigern spielt, brisant und zwingend. Und Klaus Maria Brandauer vibrierte geradezu als Schauspieler und Regisseur, dieses Zeitlos-Zeitgemäße von Thomas Manns Novelle in den Film zu übertragen. Er gab sich, überschüttet mit verlockenden Angeboten, ganz dieser Sache hin, spielte auf seine bezwingende Weise die Figuren und Situationen des Drehbuchs vor, pendelte zwischen Sizilien, Wien, Hamburg und Mainz hin und her, wenn es galt, weitere Überzeugungsarbeit zu leisten und das nötige Geld für seine Arbeit aufzutreiben.

Ich verdanke allein diesen oft bewegenden Begegnungen mit ihm viel. Wenn es sein mußte, scheute er auch vor dem Einsatz Cipolla'scher Verführungskünste nicht zurück, aber nur, um mit seinem Film vor den Cipollas gestern und heute, und nicht zuletzt denen in uns, zu warnen.

Eberhard Görner

VOM TYRRHENISCHEN MEER ZUM »NIDDENER BLAU«
Eine Novelle entsteht

Thomas Mann, 1932

Am 15. April 1932 schrieb Thomas Mann an einen begeisterten Leser seiner Literatur, Herrn B. Fucik, einen ausführlichen Brief, in dem er auf die politischen und literarischen Fragen des Absenders in zehn Punkten antwortete.

Unter Punkt 1. stellte Thomas Mann fest:

»Das Bekenntnis zu einem europäischen Denken und Empfinden trägt einem heute leicht den trivialen Vorwurf der Vaterlandslosigkeit ein. Daher ist es vielleicht gut, daß ich mich als einen besseren Deutschen fühle, als mancher es zu sein scheint, der mich wegen meines Europäertums schilt. Was ich der deutschen geistigen Überlieferung verdanke und wie sehr ich in ihr wurzele, ist mir vollkommen klar und wird keinem Verständigen entgehen.

Mein Glaube aber an eine höhere Einheitlichkeit der abendländischen Kultur ist weniger ein Glaube, als eine klare und einfache Einsicht.«

Und unter Punkt 6. gibt er zu bedenken:

»Was ›Mario und der Zauberer‹ betrifft, so sehe ich es nicht gern, wenn man diese Erzählung als eine politische Satire betrachtet. Man weist ihr damit eine Sphäre an, in der sie allenfalls mit einem kleinen Teil ihres Wesens beheimatet ist. Ich will nicht leugnen, daß kleine politische Glanzlichter und Anspielungen aktueller Art darin angebracht sind, aber das Politische ist ein weiter Begriff, der ohne scharfe Grenzen ins Problem und Gebiet des Ethischen übergeht, und ich möchte die Bedeutung der kleinen Geschichte, vom Künstlerischen abgesehen, doch lieber im Ethischen als im Politischen wissen.«[1]

Als dieser Brief geschrieben wurde, war Mussolini längst »Capo del Governo«, Haupt der italienischen Regierung, Kommandant der Miliz, Präsident des Gran Consiglio de Fascismo. In seiner Person verkörperte er die absolute Machtfülle, die er zum »Duce del Fascismo« kultivierte und mystifizierte.

Thomas Mann formulierte diese Zeilen in seinem Münchner Haus in der Poschinger Straße 1.

Hitler hatte fünf Tage danach, am 20. April 1932 bei der Reichstagswahl, 13,4 Millionen Stimmen auf seine Partei, die NSDAP, vereinen können.

Schon Ende des Monats konnte sich Göring erlauben, die nationalsozialistisch infizierten Angehörigen der Oberschicht in seine neue Berliner Wohnung am Kurfürstendamm einzuladen.[2]

Goebbels plante für Hitler einen Propagandaflug für die Preußenwahl und notierte am 23. April 1932 in sein Tagebuch:

»Der Führer ... erzählt begeistert von seiner Reise, die wirklich phantastische Ausmaße angenommen hat. In Ostpreußen steht das ganze Volk auf.«[3]

Hitler und seine ihm ideologisch verfallenen Anhänger waren fest entschlossen, die europäische Landschaft radikal zugunsten ihrer politischen Pläne zu verändern.

In den zwanziger Jahren war Thomas Mann gesellschaftlich stärker in Erscheinung getreten. Sein 50. Geburtstag am 6. Juni 1925 war aufmerksam reflektiert worden. Der Schriftsteller Joseph Ponten, dessen Romane und Novellen von Thomas Mann sehr geschätzt wurden, schrieb am 6. Juni 1925 im »Berliner Tageblatt« über den Jubilar: »So grüße ich heute Thomas Mann! Ein halbes Jahrhundert hat er untadelig gelebt (gehört zu den moralischen Mächten) und durch erstaunlich frühreife Leistungen sehr früh zu Ruhm gekommen ... kennt ihn – nicht einer, der ihn nicht ehrte, mag er ihn vielleicht auch aus anderem Welt- und Lebensgefühle grundsätzlich oder wegen einzelner seiner Äußerungen bekämpfen. So steht heute ein großer Schriftsteller vor uns, wie die Zeit ihn braucht.

Mir scheint, man kann nichts Wichtigeres sagen. Würde vom Menschen Mann, dem Träger der Repräsentanz, höchstwertend gesprochen, so kann es auch beschreibend geschehen. Für seinen im schönsten Sinne schriftstellerischen Beruf ist Thomas Mann von Natur sehr glücklich begabt.

Ein leidenschaftliches Interesse vereinigt sich mit einem gedämpften, oft leidenschaftslosen Temperament, das gefährliches Exponieren zu vermeiden vermag, wo es unnötig ist, aber in stiller sanfter Hartnäckigkeit arbeitet er an seinem Gedanken und zaubert seine Werke.«

Ostpreußen, das Land hinter den Dünen, hatte für Thomas Mann eine besondere Bedeutung. Dort, an seiner geliebten Ostsee, am nördlichen Strand der Kurischen Nehrung, vollendete er 1929 in Rauschen, was ihm drei Jahre zuvor an Merkwürdigkeiten in Italien begegnet war.

Das Erlebnis von Forte dei Marmi, die Ferien vom 31. August bis 13. September 1926 am Tyrrhenischen Meer, diese Ferien in der Villa Regina mit Frau Katia und den Kindern Michael und Elisabeth, die Veranstaltung des Hypnotiseurs C. Gabrielli, alle diese Bilder haben ihn viele Monate beschäftigt.

Bevor er die Geschichte von »Mario und der Zauberer« schreiben konnte, mußte er sich über ihr Zerrbild im klaren werden. Der erlebte Widerspruch zwischen mittelmeerländischer Natur und politischer Wirklichkeit hat ihn offensichtlich davon abgehalten, Ita-

Thomas Mann mit seiner Familie, 1932

lien später erneut für einen längeren Aufenthalt aufzusuchen.

Was ist alles im Leben eines Menschen wie Thomas Mann, zwischen Aufnahme und Beobachtung 1926 am Tyrrhenischen Meer und schöpferischer Niederschrift auf einem schmalen Landstreifen zwischen Memel und Königsberg, geschehen?

Es gibt über diese drei Jahre von 1926 bis 1929 keine Tagebuchaufzeichnungen. Er hat sie am 21. Mai 1945 in seinem kalifornischen Exil in Pacific Palisades, im Garten hinter seinem Haus, ins Feuer geworfen. Nach seiner Rückkehr von Forte dei Marmi hat sich Thomas Mann mehr publizistischen Schriften gewidmet. Inzwischen Mitglied der Sektion Dichtkunst der Preußischen Akademie der Künste, engagiert er sich in der Öffentlichkeit für München als Kulturzentrum.

Seine Kinder Klaus und Erika unternehmen von Oktober 1927 bis Juni 1928 gemeinsam eine Reise, die sie rund um die Erde führt. Sohn Golo studiert Philosophie und Geschichte in Heidelberg.

Das Jahr 1927 brachte auch Trauer in das Haus Thomas Mann. Seine Schwester Julia hatte sich am 11. März 1927, mit 71 Jahren, das Leben genommen. Golo Mann erinnert sich: »Durch den Selbstmord meiner Tante Julia wurde dies Sommersemester 1927 noch trübseliger gemacht. Thomas Mann war tief erschüttert davon, weil er ihn als einen Blitz empfand, der dicht neben ihm niedergegangen war.«[4]

Thomas Mann war zu dieser Zeit aber gar nicht in München, denn er hatte vom 8. bis 15. März 1927 eine Reise nach Warschau, auf Einladung der polnischen Sektion des PEN-Clubs, angetreten.

Anschließend reiste er nach Danzig weiter. Von dort schrieb er seinem Bruder Heinrich Mann am 16. März 1927 begeistert:

»Der Aufenthalt in Warschau war anspruchsvoll, aber wahrhaft herzerwärmend. Ich hatte mir eine solche Aufnahme nicht im Entferntesten träumen lassen. Mündlich muß ich noch davon erzählen.«[5]

Thomas Mann mit seiner Frau und Sohn Klaus (am Steuer). Postkarte vom 11.5.1927 an Ernst Bertram.

Nach Stockholm hatte sich zur Erholung von einer schweren geistigen Krise Hermann Göring zurückgezogen. Er begann dort, für BMW zu arbeiten und verkaufte deren Flugzeugmotoren, um an der Seite seiner Frau Karin in Skandinavien leben zu können.

Hitler fragte am 12. März 1927 vor 7.000 Zuhörern in der Augsburger Sängerhalle: »Muß Deutschland zugrunde gehen?« Im »Völkischen Beobachter« vom 13. März 1927 wurde diese Rede so kommentiert: »Und dann spricht Adolf Hitler. Atemlose Stille herrscht, als er anhand der Geschichte nachweist, daß zu allen Zeiten der Bildung neuer Bewegungen innere Ursachen zugrunde lagen, deren Anfang meist schon Jahrzehnte, oft sogar Jahrhunderte zurückreichte.

Not wirkt komprimierend und bricht sich dann Bahn, wenn schließlich ein Führer aus dem Volke den Kampf um Leben, um Brot durchkämpft. Nicht anders bei uns. Daß Hitler allen aus dem Herzen sprach, als er erwähnte, daß niemand heute in unsere Versammlung gekommen wäre, wenn nicht die Unfreiheit und Not, aber auch der erloschene Glaube an die eigene Partei, ob rechts oder links, sie alle zu uns getrieben hätte, bewies der Beifall, den die Tausende von Schicksalsgenossen ihm und seinen Worten spendeten. Allgemeine Hoffnungslosigkeit und doch unbewußtes Sehnen nach einem Rettungsanker durchzieht heute unser ganzes Volk; das Volk, die Schaffenden und jene, die arbeiten wollen und nicht dürfen, die Millionen von Arbeitslosen, denen die Internationale Börsengesellschaft ihre Arbeitslosenkarte abstempelt und ihnen damit sagt, daß sie überflüssig sind. Wer ahnt aber, daß die Göttin des Hungers durchs Land zieht, das Sklavenlos das Volk beherrscht, wenn er hineinsieht in die Parlamente und diese Gestalten kriechen sieht.

Zwei Armeen von Gegnern stehen sich heute in Deutschland dank der Tätigkeit der bisherigen Parteien gegenüber: Zerlumpte Proletarier und versklavte Bourgeoisie. Zertrümmerter Staat – hungerndes Volk ihr Werk. Anknüpfend an das Dichterwort: ›Deutschland wird am glücklichsten dann sein, wenn sein ärmster Volksgenosse zum glühendsten Patrioten geworden ist‹ zeigt Adolf Hitler das Ziel und den Weg des nationalsozialistischen Gedankens und Staates.

Aller Augen leuchten auf, Tausende von schwieligen Händen dankten Adolf Hitler, als er davon spricht, daß ›im einstigen nationalsozialistischen Staat nicht mehr Zerlumpte, durch zehn- und zwölfstündige Arbeitszeit um Gesundheit gebrachte Gestalten aus den Mauern der Fabriken strömen werden, sondern daß es freie, aufrechte und gesunde Menschen sein werden, derer wir uns nicht mehr zu schämen brauchen, auf die wir stolz sein können‹.«

In Italien hatte derweil Mussolini seine Macht weiter gefestigt. Arbeiter und Unternehmer schlossen sich in berufsständischen »Korporationen« zusammen. Sie galten als Ausdruck der Überwindung des Klassenkampfes. Die landwirtschaftliche Selbstversorgung Italiens wurde eifrig gefördert, und das Grundgesetz faschistischer Sozialpolitik, die »Carta del lavoro«, wurde 1927 als ein weiterer Baustein für die machtvolle Staatsautorität des »Duce« verabschiedet.

Und noch etwas geschah. Im Sommer 1927 lernte Thomas Mann in seinen Ferien in Kampen auf Sylt Klaus Heuser kennen, den

Thomas und Katia Mann mit ihren Kindern Elisabeth und Michael in Kampen auf Sylt, September 1927

17jährigen Sohn des Direktors der Düsseldorfer Kunst-Akademie. Die Schönheit des Jungen faszinierte Thomas Mann, erinnerte ihn an sein »Tadzio«-Erlebnis in Venedig. Er lud ihn für den Herbst nach München ein. Klaus Heuser folgte dieser Einladung. Es wurde eine emotionell explosive Begegnung, die Thomas Mann fast zu einem Geständnis seiner wahren sexuellen Neigung veranlaßt hätte. Seine Worte für Klaus und Erika waren deutlich genug, denen er am 19. Oktober 1927 aus München schrieb:

»Diesen Brief verdankt ihr, abgesehen von der Sentimentalität erregenden Weitläufigkeit eurer Abenteuer, zwei Umständen. Erstens habe ich meinen großen Amphitryon-Aufsatz abgeschlossen und kann ihn morgen nach Berlin tragen, um ihn nutzbringend zu verhandeln (nicht an die Rundschau; da soll im Dezember die Einleitung zum Joseph erscheinen, von der Kayser begeistert ist), und zweitens habe ich gestern ausführlich an Kläuschen Heuser geschrieben, der nun schon wieder seit acht Tagen von hier fort ist, daß ein schlechtes väterliches Gewissen unausbleiblich wäre, wenn ihr leer ausginget.

›Dieser Klaus‹, wie er sich zum Unterschied von ›jenem Klaus‹, also Eißi, zu nennen pflegt, ist als Angelegenheit gewiß zu überschätzen. Ich nenne ihn Du und habe ihn beim Abschied mit seiner ausdrücklichen Zustimmung an mein Herz gedrückt. Eißi ist aufgefordert, freiwillig zurückzutreten und meine Kreise nicht zu stören.

Ich bin schon alt und berühmt, und warum solltet ihr allein darauf sündigen?

Ich habe es schriftlich von ihm, daß diese zwei Wochen zu den schönsten Zeiten seines Lebens gehören und daß er ›sehr schwer zurückgekehrt‹ ist. Das will ich glauben, und die Sprödigkeit seines Ausdrucks ist dabei in Anrechnung zu bringen, denn er ist hier mit

Amüsement und Besserem überschüttet worden, und ein kleiner Höhepunkt war es, als ich im Schauspielhaus, bei der Kleistfeier, in seiner Gegenwart aus der Amphitryon-Analyse Stellen zum besten gab, auf die ›er‹, wenn man so sagen kann, nicht ohne Einfluß gewesen ist. Die geheimen und fast lautlosen Abenteuer des Lebens sind die größten.«[6]

Diese Zuneigung zu Klaus Heuser, sozusagen tief erlebt und erfüllt im Vorfeld des Schreibens der Mario-Novelle, hat Thomas Mann wie eine heilige Erinnerung aufbewahrt.

Am 22. September 1933, im französischen Sanary la Tranquille, vertraut er seinem Tagebuch an: »Nach menschlichem Ermessen war das meine letzte Leidenschaft – und es war die glücklichste.«[7]

Am 24. Januar 1934, jetzt schon in der Sicherheit des Schweizer Exils, schreibt er:

»Gestern Abend wurde es spät durch die Lektüre des alten Tagebuchbandes 1927/28, geführt in der Zeit des Aufenthaltes von K.H. in unserem Haus und meiner Besuche in Düsseldorf. Ich war tief aufgewühlt, gerührt und ergriffen von dem Rückblick auf dieses Erlebnis, das mir heute einer anderen, stärkeren Lebensepoche anzugehören scheint, und das ich mit Stolz und Dankbarkeit bewahre, weil es die unverhoffte Erfüllung einer Lebenssehnsucht war, das ›Glück‹, wie es im Buch des Menschen, wenn auch nicht der Gewöhnlichkeit, steht, und weil die Erinnerung daran bedeutet: ›auch ich‹.

Es macht mir hauptsächlich Eindruck zu sehen, wie ich im Besitz dieser Erfüllung an das Früheste, … und ihm folgende zurückdachte und alle diese Fälle mit aufgenommen in die späte und erstaunliche Erfüllung empfand, erfüllt, versöhnt und gut gemacht durch sie.«[8]

Rückblickend auf die Entstehungszeit von »Mario und der Zauberer« finden wir bei Thomas Mann nicht nur persönliche Glücksgefühle, sondern auch ein steigendes Bewußtsein um seine europäische Bedeutung. So schreibt er in dem bereits erwähnten Brief vom 19. Oktober 1927 an Klaus und Erika:

»Mit auffallender Hartnäckigkeit erhält sich dies Jahr das Gerücht, daß ich den Nobelpreis bekommen soll. Ich glaube es nicht und Mielein auch nicht, und wenn ich mir ein Abenteuer wünsche, zu schallend eigentlich für meinen Geschmack, so nur, weil man denen, die man liebt, nicht genug Grund wünschen kann, darauf stolz zu sein.«[9]

Die nationalistische Politik drängt sich immer mehr in den Vordergrund. Thomas Mann wird im nachhinein wegen seiner Paris-Reise von 1926, wo er auf Einladung der »Carnegie pour la paix international« einen Vortrag hält, von »faschistischen Revolutionären« attackiert, die ihm diesen »Kotau vor Paris« verübeln.

Thomas Mann wehrt sich und stellt in einem Brief vom 2. März 1928 fest:

»Hat dieser sogenannte Nationalsozialismus mit Vaterland oder irgendeiner Idee des Vaterlandes noch etwas zu tun? Mir scheint nicht. Es ist eine reine dynamische Romantik, die reine Verherrlichung der Katastrophe um ihrer selbst willen …«.[10]

Gegen Ende des Jahres unternimmt Thomas Mann eine Vortragsreise nach Lübeck, Magdeburg, nach Liegnitz in Schlesien und Berlin.

Im Januar 1929 hält er anläßlich des 200. Geburtstages von Gotthold Ephraim Lessing eine Rede »Zu Lessings Gedächnis«, in der er eingangs Fragen stellt, von denen er weiß, daß sie nicht nur ihn bewegen:

»Ein Rationalist und ein Aufklärer. Was hat er uns Heutigen zu bieten, zu sagen …? Uns, die wir der Vernunft nicht nur mißtrauen, sondern mit Vergnügen, mit äußerster Genugtuung mißtrauen, das Irrationale boshaft vergöttern, den Geist als Henker des Lebens verschreien, die Idee am Pranger verhöhnen und bei den Astartefesten einer dynamistischen Romantik unseres brüderlichen Einverständnisses recht wollüstig inne werden?«[11]

von links: Monika, Elisabeth, Katia, Thomas und Michael Mann, Königsberg, September 1930

Fast könnte man meinen, wenn man solche Gedanken ernsthaftester Auseinandersetzung mit drohenden politischen Veränderungen in Deutschland liest, daß das Mario-Erlebnis in Vergessenheit geraten wäre.

Diese Erfahrung mit dem italienischen Zauberkünstler Cesare Gabrielli aus dem Jahre 1926 in Forte dei Marmi, unter dem Himmel »mittelländischer Meereslandschaft, farbenglühend, homerisch, selig-unzweifelhaft, in Feigen und Wein, in Blüten und Bläue, ›Unschuld des Südens‹, erlebt von nordischer Seele, vertieft durch den Vergleich mit heimischer Problematik, von der dies eindeutige Himmelsglück sie vorübergehend genesen läßt«, wie Thomas Mann in seiner Besprechung zu Bruno Franks »Politische Novelle« (1928) reflektiert, und er stellt im selben Moment die Frage, woran es wohl liege, daß Italiens Klima ihm so schlecht bekommen sei: »Ist diese bedrohliche narkotische Aufpulverung eines gesunden, naiven und liebenswürdigen Volkes, diese Marktschreierei von Würde, Moralität und Vorrang, diese brutale und falsche revolutionäre Verleugnung europäischer Eigen- und Errungenschaften, dies ganze unangenehme und kompromittierende Theater unumgänglich?«[12]

Es scheint, als ob sich Mann diese Frage selbst beantwortet hat. Allerdings brauchte er dazu eine andere Landschaft, eine Landschaft, die ihm sympathisch war und von der er einmal schrieb, daß sie ihm ans Herz gewachsen sei: die Kurische Nehrung.

In der Zeit des Schreibens seiner Mario-Novelle genießt er die Illusion des Südens zwischen Haff und Ostsee. Und er beschreibt, was ihn fasziniert:

»Der Landstreifen ist ca. 96 km lang und so schmal, daß man ihn in 20 Minuten oder einer halben Stunde bequem vom Haff zur See überqueren kann. Er ist sandig, waldig und sumpfig. Meine Worte können Ihnen keine Vorstellung von der eigenartigen Primitivität und dem großartigen Reiz des Landes geben. Ich möchte mich hier auf Wilhelm von Humboldt berufen, der dort war, und speziell von

Thomas Mann, Nidden, 1930 oder 1931

Nidden so erfüllt war, daß er erklärte, man müsse diese Gegend gesehen haben, wie man Italien oder Spanien gesehen haben müsse.

Im Osten über dem Haff steigt morgens die Sonne auf. Das Haff ist das Hauptarbeitsgebiet der Fischersleute. Im Fischerdorf findet man an den Häusern vielfach ein besonderes Blau, das sogenannte Niddener Blau, das für Zäune und Zierate benützt wird. Wie ich schon sagte, ist das Haff das Hauptarbeitsgebiet der Fischer. Jeden Nachmittag sieht man ihre kleine Segelflottille, wenn das Wetter es nur irgend erlaubt, hinaus zu fahren. Sie fischen nur nachts und kehren morgens zurück mit Hechten, Zandern. Schollen und Aale kommen aus der Ostsee.

Im Süden liegen die großen Dünen, ein wirklich sehr merkwürdiges Naturphänomen. Die ungeheuren Sandwände der Dünen soll man lieber nicht hinaufklettern, denn das Herz wird dabei sehr angestrengt. Kennen Sie die Dünen bei List auf Sylt? Man muß sie sich verfünffacht denken, man glaubt in der Sahara zu sein. Der Eindruck ist elementarisch und fast beklemmend, weniger wenn man sich auf den Höhen befindet und beide Meere sieht, als in den tiefen eingeschlossenen Gegenden. Alles ist weglos, nur Sand, Sand und Himmel. Immer wieder überkommt mich hier der Eindruck des Elementarischen, wie ihn sonst nur das Hochgebirge oder die Wüste hervorruft. Die Farbenpracht ist unvergleichlich. Zarteste Pastellfarben in Blau und Rosa, und der federnde Boden ist geschmückt mit den feinen Wellenlinien, die der Wind hinzeichnet. Auch auf einer Segelbootsfahrt hat man diesen unbeschreiblich schönen Eindruck.«[13]

»Der Eindruck des Elementarischen«, vielleicht war es das, was Thomas Mann wieder erinnert hat an Forte dei Marmi, an den Hypnotiseur, der unter seiner Feder zum machtgierigen Cipolla wird, welcher Obsessionen manipuliert, hinter Magie sein Begehren nach Herrschaftsanspruch versteckt, auf der Bühne sein Publikum erotisch fasziniert, um sich so über dessen Ausgeliefertsein zu verwirklichen.

»Mario und der Zauberer«, das war wohl am Strand der Kurischen Nehrung beim Schreiben auch noch einmal eine Berührung mit Klaus Heuser, eine »Wiedereroberung«, wie Thomas Mann seinen Essay »Kleists Amphitryon« erklärt. Das Thema der Treue, der

Liebe – ist es nicht auch das von Mario? Und Thomas Mann fragt sich, fragt Klaus Heuser, fragt Mario, fragt uns: »Was ist Treue? Sie ist Liebe, ohne zu sehen, der Sieg über ein verhaßtes Vergessen. Wir begegnen einem Angesicht, das wir lieben, und wir werden nach einiger Anschauung, während welcher unser Gefühl sich befestigt, wieder davon getrennt. Das Vergessen ist sicher, aller Trennungsschmerz ist nur Schmerz über sicheres Vergessen. Unsere sinnliche Einbildungskraft, unser Erinnerungsvermögen ist schwächer, als wir glauben möchten. Wir werden nicht mehr sehen und aufhören zu lieben. Was uns bleibt, ist nichts als die Gewißheit, daß jedes neue Zusammentreffen unserer Natur mit dieser Lebenserscheinung mit Sicherheit unser Gefühl erneuern, uns wieder, oder eigentlich immer noch, sie lieben lassen wird. Dies Wissen um das Gesetz unserer Natur und das Festhalten daran ist Treue. Sie ist Liebe, die vergessen mußte, warum; geglaubte Liebe, die sprechen darf, als sei sie am Leben, weil sie sicher ist, sofort und gesetzmäßig wieder Leben zu gewinnen, wenn sie sieht.«[14]

Thomas Mann, der sein Schreiben stets als die Repräsentanz des Außenseiters verstan-

Thomas Mann am Strand von Nidden, 1932

den hat, bewußt bezogen auf seine homosexuellen Neigungen, hat auch in seinen Figuren von »Mario und der Zauberer« diese Außenseiterrolle vertreten lassen. Das »tragische Reiseerlebnis« um Mario wird zum novellistischen Meisterwerk. Es braucht drei Jahre, bevor seine »unterirdischen Beziehungen«, wie Thomas Mann einmal das Geheimnis seiner schöpferischen Arbeit bezeichnete, ans Licht kommen.

Diese »metaphysischen Wunder« haben ihn selbst stark beschäftigt. In seinem nicht näher datierten »Lebensabriß« beschreibt er, wie der Roman »Joseph und seine Brüder« vor Stegreifleistungen zurücktreten mußte:

»Ich meine das ›tragische Reiseerlebnis‹ ›Mario und der Zauberer‹. Einmütig gewöhnt, keinen Sommer ohne Aufenthalt am Meer vorübergehen zu lassen, verbrachten wir, meine Frau und ich, mit den jüngsten Kindern im Jahre 1929 den August in dem samländischen Ostseebad Rauschen, eine Wahl, die durch ostpreußische Wünsche, besonders eine oft erneuerte Einladung des Königsberger Goethebundes, bestimmt gewesen war. Auf dieser bequemen, aber weitläufigen Reise das angeschwollene Material, und unabgeschriebene Manuskript des ›Joseph‹ mitzuschleppen, empfahl sich nicht sehr. Da ich mich aber auf beschäftigungslose ›Erholung‹ durchaus nicht verstehe und eher Nachteil als Nutzen davon erfahre, beschloß ich meine Vormittage mit der leichten Ausführung einer Anekdote zu füllen, deren Idee auf eine frühere Ferienreise, einen Aufenthalt in Forte dei Marmi bei Viareggio und dort empfangene Eindrücke zurückging: mit einer Arbeit also, zu der es keines Apparates bedurfte und die im bequemsten Sinne des Wortes ›aus der Luft gegriffen‹ werden konnte. Ich begann, die gewohnten Frühstunden hindurch auf meinem Zimmer zu schreiben, aber die Beunruhigung, die das Versäumnis des Meeres mir erregt, schien meiner Tätigkeit wenig zuträglich. Ich glaube nicht, daß ich im Freien arbeiten könnte. Ich muß ein Dach dabei über dem Kopf haben, damit der Gedanke nicht träumerisch evaporiert. Das Dilemma war schwer.

Nur das Meer hatte es zeitigen können, und glücklicherweise erwies sich, daß seine besondere Natur auch vermögend war, es aufzuheben.

Ich ließ mich bereden, meine Schreiberei an den Strand zu verlegen. Ich rückte den Sitzkorb nah an den Saum des Wassers, das voll Badenden war, und so, auf den Knien kritzelnd, den offenen Horizont vor Augen, der immerfort von Wandelnden überschritten wurde.

Mitten unter genießenden Menschen, besucht von nackten Kindern, die nach meinen Bleistiften griffen, ließ ich es geschehen, daß mir aus der Anekdote die Fabel, aus lockerer Mitteilsamkeit die geistige Erzählung, aus dem Privaten das Ethisch-Symbolische unversehens erwuchs, – während immerfort ein glückliches Staunen darüber mich erfüllte, wie doch das Meer jede menschliche Störung zu absorbieren und in seine geliebte Ungeheuerlichkeit aufzulösen vermag.

Übrigens hatte der Aufenthalt außer der literarischen eine Lebensfolge. Wir besuchten von dort aus die Kurische Nehrung, deren Landschaft uns vielfach anempfohlen worden war und wirklich sich so gewichtiger Fürsprecher wie W. von Humboldt rühmen kann, verbrachten einige Tage in dem zum litauisch verwalteten Memelgebiet gehörigen Fischerdorf Nidden und waren von der unbeschreiblichen Eigenart und Schönheit dieser Natur, der phantastischen Welt der Wanderdünen, den von Elchen bewohnten Kiefern- und Birkenwäldern zwischen Haff und Ostsee, der wilden Großartigkeit des Strandes so ergriffen, daß wir beschlossen, uns an so entlegener Stelle, als Gegengewicht gleichsam zu unserer süddeutschen Ansässigkeit, einen festen Wohnsitz zu schaffen.«[15]

Diese Absicht konnte Thomas Mann bald verwirklichen, denn noch im gleichen Jahr der Niederschrift seiner »Mario«-Geschichte, wurde ihm am 10. Dezember 1929 in Stockholm der Nobelpreis für Literatur verliehen. Die Begründung lautete:

»... insbesondere für seinen großen Roman ›Buddenbrooks‹, der im Laufe der Jahre eine immer mehr gefestigte Anerkennung gefunden hat als ein klassisches Werk der Gegenwart.«[16]

Immerhin war der Nobelpreis mit zweihunderttausend Mark dotiert. Thomas Mann war nun in der Lage, davon sein Haus in Nidden zu erwerben. »Das Jahr 1929 brachte ihm und uns größten Erfolg«, erinnert sich Brigitte Fischer, die Tochter des legendären Verlegers S. Fischer. Thomas Mann hatte nicht nur den Nobelpreis für Literatur erhalten, er hatte nicht nur im Vorfeld »Mario und der Zauberer« zu Papier gebracht, er war im gleichen Jahr der erfolgreichste Schriftsteller in Deutschland, denn der S. Fischer Verlag Berlin hatte außerdem eine Volksausgabe seiner »Buddenbrooks« für nur 2,85 Reichsmark verlegt.

Die Verkaufsziffern stiegen, und das Buch »hatte nach zwei Monaten bereits eine Auflage von 600.000 Exemplaren erreicht und überschritt sehr bald eine Million.«[17]

Anläßlich der Feier zur Verleihung des Nobelpreises las Thomas Mann zum ersten Mal am 16. November 1929 vor dem Schutzverband deutscher Schriftsteller in München seine Novelle »Mario und der Zauberer« vor. Es folgte am 7. Dezember ein Vortrag in Berlin.

»Mario und der Zauberer« erschien im S. Fischer Verlag, Berlin, im April 1930 in einer von Hans Meid mit 13 Illustrationen versehenen Buchausgabe.

von links: Elisabeth, Katia, Thomas, Michael und Monika Mann beim Ferienhaus auf Nidden, Sommer 1930

Über sie schrieb Thomas Mann am 3. Mai 1930 an seinen Verleger Gottfried Bermann Fischer:

»Gestern kamen die ersten Exemplare von »Mario«, und ich war herzlich erfreut, die Geschichte in so erlesener Gestalt vor mir zu sehen. Man sieht, welche Sorgfalt der Verlag dem kleinen Werk zugewandt hat.«[18]

Gottfried Bermann Fischer, der den S. Fischer Verlag vor den Nationalsozialisten nach Österreich rettete, brachte »Mario und der Zauberer« 1936 in seinem neu gegründeten Verlag in Wien heraus.

Doch zurück nach Berlin. Die Verleihung des Nobelpreises war dem S. Fischer Verlag Anlaß, »Mario und der Zauberer« in 30.000 Exemplaren drucken zu lassen. In Italien wurde das Erscheinen der Novelle, um das sich die Übersetzerin Lavina Mazucchetti bemühte, untersagt.[19]

Am 12. Juni 1930 schrieb Thomas Mann an den Kritiker Otto Hoerth, der eine Privatschule in Freiburg i. Br. leitete, auf dessen Fragen nach der Entstehung der Novelle:

»Lieber und sehr verehrter Herr Doktor,

herzlich danke ich Ihnen für die menschlich eindringliche Anteilnahme, die Sie meiner kleinen Arbeit zugewandt haben, und die in dem wohlgeformten ›Gespräch auf hoher See‹ zum Ausdruck kommt. Haben Sie auch die Rollen verteilt, so ist es doch ein und dieselbe Feinheit und Empfindlichkeit, die Ihre, die aus den Repliken beider Gesprächspartner wirkt und an der ich beim Lesen meine Freude hatte. Besonders dankbar bin ich Ihnen dafür, daß Sie meinen Willen zur Gerechtigkeit anerkennen und keine Gehässigkeit gegen Italien und das Italienische in der Geschichte finden.

Etwas Kritisch-Ideelles, Moralisch-Politisches ist mir freilich im Lauf der Erzählung aus dem Privaten und zunächst Unbedeutenden erwachsen, was eine bestimmte Abneigung erkennen läßt und der anfangs nur irritierenden Atmosphäre zuletzt den unheimlichen und explosiven Charakter gibt. Da es Sie interessiert: ›Der Zauberkünstler‹ war da und benahm sich genauso, wie ich es geschildert habe. Erfunden ist nur der letale Ausgang: In Wirlichkeit lief Mario nach dem Kuß in komischer Beschämung weg und war am nächsten Tage, als er uns wieder den Thee servierte, höchst vergnügt und voll sachlicher Anerkennung für die Arbeit Cipollas.

Es ging eben im Leben weniger leidenschaftlich zu, als nachher bei mir. Mario liebte nicht wirklich, und der streitbare Junge im Parterre war nicht sein glücklicher Nebenbuhler. Die Schüsse aber sind nicht einmal meine Erfindung. Als ich von dem Abend hier erzählte, sagte meine älteste Tochter: ›Ich hätte mich nicht gewundert, wenn er ihn niedergeschossen hätte.‹ Erst von diesem Augenblick war das Erlebte eine Novelle, und um sie auszuführen, brachte ich das Atmosphäre gebende anekdotische Detail vorher, – ich hätte sonst keinen Antrieb gehabt, davon zu erzählen, und wenn Sie sagen: ohne den Hotelier hätte ich Cipolla am Leben gelassen, so ist die Wahrheit eigentlich das Umgekehrte: um Cipolla töten zu können, brauchte ich den Hotelier – und das übrige vorbereitende Ärgernis. Weder Fuggiero noch der zornige Herr am Strande, noch die Fürstin hätten sonst das Licht der Literatur erblickt.

Ich hätte mich im Hotel zu erkennen geben sollen? Aber wie denn noch weiter? Ich hatte ja mit der Direktion korrespondiert, hatte den Meldezettel ausgefüllt, mein Name war bekannt. Was hätte es mir genützt, noch ausdrücklich und geschmacklos auf ihn zu trumpfen? Ich hatte gar keinen Grund, mich zur Wehr zu setzen. Wir waren unzufrieden mit dem Essen und dem aristokratischen Protektionsbetrieb und fanden die Pension Regina viel distinguierter und sympathischer. Wozu meinen Stern entblößen auf die Gefahr hin, daß der Esel gefragt hätte: ›Ja, und?‹ ... In mir haben Sie jedenfalls einen dankbaren Leser gehabt. Nichts konnte mir merkwürdiger sein, als dieser Reflex meiner Erzählung von so eingeweihter Seite.«[20]

von links: Elisabeth, Katia, Monika, Thomas und Michael Mann im Ferienhaus, Nidden, Sommer 1930

»Wozu meinen Stern entblößen?« – Eine stolze Feststellung und Selbsteinschätzung von Thomas Mann, denn er fühlte und konnte sicher sein, daß seine Novelle »Mario und der Zauberer« ihre Leser in der Welt finden würde. Bereits ein Jahr später gab es erste Hoffnungen für eine Verfilmung. Thomas Mann liebte das Kino, und die Vorstellung, daß das, was er in Worte gefaßt hatte, zu lebenden Bildern gestaltet würde, war ihm stets ein schöner Traum.

»Das Kino gehörte eigentlich zu seiner Existenz«, erinnerte sich sein Sohn Golo Mann. »Nicht des ernsten, höchsten Genusses halber, wie der Plattenspieler, sondern zur Entspannung, aber auch aus Neugier auf das, was sich da Neues entwickelte. Und was er natürlich für wichtig hielt. Vielleicht nicht für ihn persönlich so wichtig, aber er war doch hell genug, zu sehen, daß der Film für die Gesellschaft im allgemeinen eine immer wachsendere Bedeutung haben würde. Er wollte nicht zurückbleiben. Und keineswegs wollte er Feind seiner eigenen Zeit sein. Und zu seiner eigenen Zeit gehörte der Film mehr und mehr, und da wollte er mitmachen.«[21]

Und Thomas Mann machte mit. In einem Brief vom 15. Dezember 1931 an Gottfried Bermann Fischer schreibt er:

»Über ›Mario‹ konnten Sie mir noch nichts weiter sagen. Ich fürchte fast, die Sache wird im Sande verlaufen, wie sie es mehrmals tat, als ›Königliche Hoheit‹ in Frage stand. Der Abschluß wäre mir aus finanziellen Gründen natürlich willkommen und dies war der Grund, weshalb ich Ihnen sogleich möglichst großen Spielraum für die Verhandlungen gelassen habe. 10.000 Dollars für die Weltfilmrechte muß aber wohl ehrenhalber die untere Grenze bleiben.«[22]

Der Filmplan wurde (damals!) nicht verwirklicht.

»Mario«, das Produkt von Rauschen, wie es von Thomas Mann später[23] genannt wurde, diese Forte dei Marmi-Geschichte, sie ließ ihn nie wieder los. Er hatte mit ihr nicht nur den Nerv der Zeit getroffen, sondern etwas Elementares geschaffen. Nach den Septemberwahlen von 1930 erhöhte sich die Anzahl der nationalsozialistischen Abgeordneten im Reichstag von zwölf auf hundertsieben. Thomas Mann entschloß sich, einen »Appell an die Vernunft« des deutschen Bürgertums zu richten. Im Berliner Beethoven-Saal hielt er Mitte Oktober seine »Deutsche Ansprache«. Radikale Zuhörer, zum Teil in SA-Uniform, drohten dem Dichter und Nobelpreisträger mit Tätlichkeiten.

Nur mit Mühe konnte Bruno Walter, Komponist, Dirigent und Freund, Thomas Mann durch einen Hinterausgang vor den pöbelnden Volksgenossen in Sicherheit bringen.

Die »Deutsche Tageszeitung« Berlin vermeldete am 18. Oktober: »Der Fall Thomas Mann ist ein trauriger Fall ... Ein erledigter Fall.«

Hitler war inzwischen Oberster Führer der SA. Göring zog im Braunhemd am 13. Oktober 1930 in den neuen Reichstag ein. Die Cipollas waren nicht mehr aufzuhalten. Und keiner wollte irgend etwas hören von einem »Appell an die Vernunft«, der in Wahrheit eine Warnung vor der Zukunft Deutschlands und Europas war.

Thomas Mann sagte:

»... die Bewegung, die man aktuell unter dem Namen des Nationalsozialismus zusammenfaßt und die eine so gewaltige Werbekraft bewiesen hat, vermischt sich, sage ich, diese Bewegung mit der Riesenwelle exzentrischer Barbarei und primitiv-massendemokratischer Jahrmarktsrohheit, die über die Welt geht, als ein Produkt wilder, verwirrender und zugleich nervös stimulierender, berauschender Eindrücke, die auf die Menschheit einstürmen. Die abenteuerliche Entwicklung der Technik mit ihren Triumphen und Katastrophen, Lärm und Sensation des Sportrekordes, Überschätzung und wilde Überzahlung des Massen anziehenden Stars. Box-Meetings mit Millionen-Honoraren vor Schau-Mengen in Riesenzahl: dies und dergleichen bestimmt das Bild der Zeit zusammen mit dem Niedergang, dem Abhandenkommen von sittigenden und strengen Begriffen, wie Kultur, Geist, Kunst, Idee.

Entlaufen scheint die Menschheit wie eine Bande losgelassener Schuljungen aus der humanistisch-idealistischen Schule des neunzehnten Jahrhunderts, gegen dessen Moralität, wenn denn überhaupt von Moral die Rede sein soll, unsere Zeit einen weiten und wilden Rückschlag darstellt.

Alles scheint möglich, scheint erlaubt gegen den Menschenanstand, und geht auch die Lehre dahin, daß die Idee der Freiheit zum bourgeoisen Gerümpel geworden sei, als ob eine Idee, die mit allem europäischen Pathos so innig verbunden ist, aus der Europa sich geradezu konstituiert und der es so große Opfer gebracht hat, je wirklich verlorengehen könnte, so erscheint die lehrweise abgeschaffte Freiheit nun wieder in zeitgemäßer Gestalt als Verwilderung, Verhöhnung einer als ausgedient verschrienen humanitären Autorität, als Losbändigkeit der Instinkte, Emanzipation der Roheit, Diktatur der Gewalt.

Die exzentrische Seelenlage einer der Idee entlaufenen Menschheit entspricht eine Politik im Groteskstil mit Heilsarmee-Allüren, Massenkrampf, Budengeläut, Halleluja und derwischmäßigem Wiederholen monotoner Schlagworte, bis alles Schaum vor dem Munde hat.

Fanatismus wird Heilsprinzip, Begeisterung epileptische Ekstase, Politik wird zum Massenopiat des Dritten Reiches oder einer proletarischen Eschatologie, und die Vernunft verhüllt ihr Antlitz.«[24]

Ein Text, der, liest man ihn genauer, auf konzentrierte Weise das beschreibt, was Thomas Mann bei seinem Forte dei Marmi-Erlebnis angezogen und gleichzeitig abgestoßen hat. Was er über drei Jahre verdrängt, dann doch als literarisches Kunstwerk verarbeitete, kommt nun als praktische Politik, als »orgastische Verleugnung der Vernunft«[25] auf ihn zurück. Es bleibt nur noch das Exil.

Wieder drei Jahre später schreibt er in sein Tagebuch: Sonntag, den 18. VI. 33, am Fluchtort des französischen Mittelmeers:

»Recht leidlich geschlafen. Starker Mistral. Später auf. Hübscher Brief von A.M. Frey aus Salzburg; er spricht liebevoll aus der blauen Weite.«[26]

Vielleicht dachte er an seine geliebte Ostsee, an das verlorene Niddener Blau...

Thomas Mann in Kalifornien, Pacific Palisades, 1944

Anmerkungen

1. Thomas Mann. Briefe 1889–1936. S. Fischer Verlag, Frankfurt a. Main 1979, S. 312f.
2. Vgl.: David Irving. Göring – Eine Biographie. Rowohlt, Reinbek 1989, S. 142.
3. Joseph Goebbels. Tagebücher, Band 2, 1920–1934. Piper Verlag, München – Zürich 1992, S. 647.
4. Golo Mann. Erinnerungen und Gedanken – Eine Jugend in Deutschland. S. Fischer Verlag, Frankfurt a. Main 1986, S. 220f.
5. Thomas Mann – Heinrich Mann. Briefwechsel 1900–1949. Aufbau Verlag, Berlin und Weimar 1969, S. 105.
6. Erika Mann. Briefe und Antworten 1922–1950. dtv, München 1984, S. 17f.
7. Thomas Mann. Tagebücher 1933–1934. S. Fischer Verlag, Frankfurt a. Main 1977, S. 185.
8. ebenda.
9. Erika Mann. Briefe und Antworten 1922–1950. dtv, München 1984, S. 17f.
10. Thomas Mann. Briefe 1889–1936. Hrsg. Erika Mann. S. Fischer Taschenbuch Verlag, Frankfurt a. Main 1979, S. 278.
11. Thomas Mann. Gesammelte Werke, Band 11. Altes und Neues – Kleine Prosa aus fünf Jahrzehnten. Aufbau Verlag, Berlin 1956, S. 191.
12. Vgl.: Thomas Mann. Handbuch. Hrsg. Helmut Koopmann. Alfred Kröner Verlag 1990, S. 253f.
13. Thomas Mann. Autobiographische Schriften. Mein Sommerhaus in Ostpreußen. Aus: Über mich selbst. S. Fischer Verlag Frankfurt am Main 1983.
14. Thomas Mann. Gesammelte Werke, Band 10. Aufbau Verlag, Berlin 1955, S. 47.
15. Thomas Mann. Autobiographische Schriften. Über mich selbst. S. Fischer Verlag, Frankfurt a. Main 1982, S. 141f.
16. Thomas Mann. Hans Bürgin / Hans-Otto Mayer 1974, S. 101.
17. Vgl.: Brigitte B. Fischer. Sie schrieben mir oder Was aus meinem Poesiealbum wurde. dtv, München 1992, S. 127.
18. Das erzählerische Werk Thomas Manns. Aufbau Verlag, Berlin – Weimar 1967, S. 515.
19. ebenda, S. 517.
20. Thomas Mann. Briefe 1889–1936. Hrsg. Erika Mann. S. Fischer Verlag, Frankfurt a. Main 1979, S. 333f.
21. Vgl.: Golo Mann im Gespräch mit Eberhard Görner. In: Film und Fernsehen. Sein schönster Traum. Henschel Verlag, Berlin 1989, S. 24.
22. Gottfried Bermann Fischer / Brigitte Bermann Fischer. Briefwechsel mit Autoren. Fischer Verlag, Frankfurt a. Main 1990, S. 41.
23. Thomas Mann. Tagebücher 1940–1943. S. Fischer Verlag, Frankfurt a. Main 1982, S. 553.
24. Thomas Mann. Gesammelte Werke. Aufbau Verlag, Berlin 1956, S. 541f.
25. ebenda.
26. Thomas Mann. Tagebücher 1933–1934. S. Fischer Verlag, Frankfurt a. Main 1977, S. 115.

Jürgen Haase

NOVELLE – DREHBUCH – FILM
Metamorphosen

»Mario und der Zauberer« – aus einem Reiseerlebnis wird eine Geschichte. Wörter und Sätze spiegeln die Beobachtungen und Reflexionen des Autors wider. Aus dem Erlebten und mit der Zeit Überdachten entsteht Literatur. Thomas Mann erzählt ein Reiseerlebnis und findet am Ende außerhalb des Erlebten einen moralischen Schluß. In seiner Erzählung verbergen sich mehrere Geschichten.

Da sind zum einen die hinreißend atmosphärischen Beschreibungen des Badeortes Forte dei Marmi, die in ihrer sprachlichen Ausstrahlung an impressionistische Bilder von Monet erinnern. Hingetupfte Formulierungen verführen einen, Visuelles wie eine Fata Morgana wahrzunehmen, einzutauchen in die Freiräume, die der Autor läßt, damit sie mit eigener Phantasie ausgefüllt werden können. Forte dei Marmi, das Grand Hotel, die Pension Eleonora, der Strand, die Boote. Flimmernd gleißendes Licht, ein Hitzemeer. Die Trägheit des Geistes in braungebrannten Körpern, die schlaffen Fahnen am Mast.

»… es wimmelt von zeterndem, zankendem, jauchzendem Badevolk, dem eine wie toll herabbrennende Sonne die Haut von den Nacken schält; flachbodige, grell bemalte Boote, von Kindern bemannt, deren tönende Vornamen, ausgestoßen von Ausschau haltenden Müttern, in heiserer Besorgnis die Lüfte erfüllen, schaukeln auf der blitzenden Bläue, und über die Gliedmaßen der Lagernden tretend bieten die Verkäufer von Austern, Getränken, Blumen, Korallenschmuck und Cornetti al burro, auch sie mit der belegten offenen Stimme des Südens, ihre Ware an.

So sah es am Strande von Torre aus, als wir kamen – …«

In der Stille eine erste Bewegung, die der Autor uns näherbringt: Mario …

Ein junger Kellner, genau beobachtet, gezeichnet mit sprachlichen Zwischentönen, das Bild eines stets freundlichen, hilfsbereiten Bediensteten, der auffällt durch seine elegante Behendigkeit.

»*Wir kannten ihn menschlich, ohne ihn persönlich zu kennen, wenn Sie mir die Unterscheidung erlauben wollen. Wir sahen ihn fast täglich und hatten eine gewisse Teilnahme gefaßt für seine träumerische, leicht in Geistesabwesenheit sich verlierende Art, die er in hastigem Übergang durch eine besondere Dienstfertigkeit korrigierte; sie war ernst, höchstens durch die Kinder zum Lächeln zu bringen, nicht mürrisch, aber unschmeichlerisch, ohne gewollte Liebenswürdigkeit, oder vielmehr: sie verzichtete auf Liebenswürdigkeit, sie machte sich offenbar keine Hoffnung zu gefallen.*«

Mario ist verliebt in die Schönheit des Kurortes, ist verliebt in Silvestra. Sie taucht wie eine Chimäre aus dem Flimmern des Horizontes auf, eine Sirene, die körperliche Signale aussendet, die die Jugend des Ortes um sich versammelt. Mario himmelt sie an, sprachlos, seine Blicke lassen erahnen, was er für sie empfindet. Silvestra nimmt ihn wahr ohne ihn wahrzunehmen, er ist für sie der nette, stets hilfsbereite, junge Kellner aus dem Eiscafé Esquisito.

Mario und Silvestra lenken den Blick auf menschliche Sehnsüchte, Wünsche, Hoffnungen. Kleine Begebenheiten im eigenen Umfeld verdichten sich zu weiteren Beobachtungen.

Die nackte achtjährige Tochter des Autors, die ihren Badeanzug im Meer vom Sand befreit, die Reaktionen der heimischen Badeklientel, die Polizei, das Verhör, die Strafe.

Eine Kettenreaktion entsteht, an der uns der Erzähler mit seinen Wahrnehmungen teilhaben läßt.

»*Es war unsere Schuld, wir hatten es unserer Lässigkeit zuzuschreiben, daß es zu einem Konflikt mit diesem von uns doch erkannten und gewürdigten Zustande kam, – noch einem Konflikt; es schien, daß die vorausgegangenen nicht ganz ungemischte Zufallserzeugnisse gewesen waren. Mit einem Worte, wir verletzten die öffentliche Moral. Unser Töchterchen, achtjährig, aber nach ihrer körperlichen Entwicklung ein gutes Jahr jünger zu schätzen und mager wie ein Spatz, die nach längerem Bad, wie es die Wärme erlaubte, ihr Spiel an Land im nassen Kostüm wieder aufgenommen hatte, erhielt Erlaubnis, den von anklebendem Sande starrenden Anzug noch einmal im Meere zu spülen, um ihn dann wieder anzulegen und vor neuer Verunreinigung zu schützen. Nackt läuft sie zum wenige Meter entfernten Wasser, schwenkt ihr Trikot und kehrt zurück. Hätten wir die Welle von Hohn, Anstoß, Widerspruch voraussehen müssen, die ihr Benehmen, unser Benehmen also, erregte? Ich halte Ihnen keinen Vortrag, aber in der ganzen Welt hat das Verhalten zum Körper und seiner Nacktheit sich während der letzten Jahrzehnte grundsätzlich und das Gefühl bestimmend gewandelt. Es gibt Dinge, bei denen man sich ›nichts mehr denkt‹, und zu ihnen gehörte die Freiheit, die wir diesem so gar nicht herausfordernden Kinderleibe gewährt hatten. Sie wurde jedoch hierorts als Herausforderung empfunden.*«

Und immer wieder die bleibende Schwüle, die die Menschen scheinbar lähmt, aufgebrochen durch die Neugier des Autors, der seine Stimme erhebt.

Der freie Tisch auf der Veranda des Grand Hotels, der nur für bestimmte Gäste zur Verfügung steht. Aussperrung dem Gast, dem Fremden gegenüber?

»Diese Erfahrung machten wir mit etwas Verdruß am Abend unserer Ankunft, als wir uns zum Diner im Speisesaal einfanden und uns von dem zuständigen Kellner einen Tisch anweisen ließen. Es war gegen diesen Tisch nichts einzuwenden, aber uns fesselte das Bild der anstoßenden, auf das Meer gehenden Glasveranda, die so stark wie der Saal, aber nicht restlos besetzt war, und auf deren Tischchen rotbeschirmte Lampen glühten. Die Kleinen zeigten sich entzückt von dieser Festlichkeit, und wir bekundeten einfach den Entschluß, unsere Mahlzeiten lieber in der Veranda einzunehmen – eine Äußerung der Unwissenheit, wie sich zeigte, denn wir wurden mit etwas verlegener Höflichkeit bedeutet, daß jener anheimelnde Aufenthalt ›unserer Kundschaft‹, ›ai nostri clienti‹, vorbehalten sei. Unseren Klienten? Aber das waren wir. Wir waren keine Passanten und Eintagsfliegen, sondern für drei

oder vier Wochen Hauszugehörige, Pensionäre.«

Der schon fast abgeklungene Husten des Sohnes unseres Autors wird als Ruhestörung und als Bedrohung im Sinne der Ansteckungsgefahr gehandelt. Die Folge: Die Familie muß das Quartier wechseln.

Die Fülle der alltäglichen kleinen Begebenheiten komprimiert sich bei der Ehefrau des Autors und läßt sie den Gedanken aussprechen: »Abreisen!«

»*Hätten wir nicht abreisen sollen? Hätten wir es nur getan! Wir hätten dann diesen fatalen Cipolla vermieden; allein mehreres kam zusammen, den Entschluß zu einem Ortswechsel hintanzuhalten. Ein Dichter hat gesagt, es sei Trägheit, was uns in peinlichen Zuständen festhalte – man könnte das Aperçu zur Erklärung unserer Beharrlichkeit heranziehen. Auch räumt man nach solchem Vorkommnis nicht gern unmittelbar das Feld; man zögert, zuzugeben, daß man sich unmöglich gemacht habe, besonders wenn Sympathiekundgebungen von außen den Trotz ermutigen...*«

Die Argumente des Autors, zu bleiben, überwiegen durch ihre Neugierde, und so wird der Leser zur Ich-Figur des Erzählers.

Veränderungen, Schwankungen werden weiter seismographisch registriert und als Erkenntnisse, wie in einem Schauprozeß, formuliert.

Abreisen, das hieße denjenigen das Feld überlassen, die sich anmaßend einem gegenüber verhalten.

Der Zwang, den Veränderungen beizuwohnen, die eigene Neugierde zu befriedigen, und nicht zuletzt der Wunsch der Kinder, wenigstens noch der Vorstellung von Cavalliere Cipolla, dem Magier, beiwohnen zu dürfen, zwingt zum Dableiben.

Und hier verläßt der Dichter seine impressionistischen Skizzen. Thomas Mann wird zum scharfen Beobachter. Der Magier Cipolla interessiert ihn mehr als alles bisher Dagewesene. Seine verbalen Striche werden kräftiger, die Bilder naturalistischer. Figur, Habitus und Gestus werden einer akribischen, strengen Beschreibung unterworfen. Jede Bewegung Cipollas wird aufgezeichnet und in ihrer Wirkung interpretiert.

»*Ein Mann schwer bestimmbaren Alters, aber keineswegs mehr jung, mit scharfem, zerrüttetem Gesicht, stechenden Augen, faltig verschlossenem Munde, kleinem, schwarz gewichstem Schnurrbärtchen und einer sogenannten*

Fliege in der Vertiefung zwischen Unterlippe und Kinn, war er in eine Art von komplizierter Abendstraßeneleganz gekleidet. Er trug einen weiten schwarzen und ärmellosen Radmantel mit Samtkragen und atlasgefütterter Pelerine, den er mit den weiß behandschuhten Händen bei behinderter Lage der Arme vorn zusammenhielt, einen weißen Schal um den Hals und einen geschweiften, schief in die Stirne gerückten Zylinderhut. Vielleicht mehr als irgendwo ist in Italien das achtzehnte Jahrhundert noch lebendig und mit ihm der Typus des Scharlatans, des marktschreierischen Possenreißers, der für diese Epoche so charakteristisch war, und dem man nur in Italien noch in ziemlich wohl erhaltenen Beispielen begegnen kann.«

Der Sprache Cipollas widmet Thomas Mann seine besondere Aufmerksamkeit. Er, der selber mit der schriftstellerischen Fähigkeit, sich auszudrücken, ausgestattet ist, deutet die Absichten, die hinter Cipollas Sprachkaskaden sichtbar werden.

»*Ein junger Herr in vorderster Reihe, rechts von uns, mit stolz geschnittenem Gesicht, Italiener, meldete sich und erklärte, er sei entschlossen, nach klarem Eigenwillen zu wählen und sich jeder wie immer gearteten Beeinflussung bewußt entgegenzustemmen. Wie Cipolla sich unter diesen Umständen den Ausgang denke. –* ›*Sie werden mir*‹*, antwortete der Cavaliere,* ›*damit meine*

Aufgabe etwas erschweren. An dem Ergebnis wird Ihr Widerstand nichts ändern. Die Freiheit existiert, und auch der Wille existiert; aber die Willensfreiheit existiert nicht, denn ein Wille, der sich auf seine Freiheit richtet, stößt ins Leere. Sie sind frei, zu ziehen oder nicht zu ziehen. Ziehen Sie aber, so werden Sie richtig ziehen, – desto sicherer, je eigensinniger Sie zu handeln versuchen.‹

Man mußte zugeben, daß er seine Worte nicht besser hätte wählen können, um die Wasser zu trüben und seelische Verwirrung anzurichten.«

Trotz oder gerade wegen seiner körperlichen Verunstaltung, die in einem seltsamen Kontrast zu Cipollas Auftreten steht, fasziniert die Figur alle Menschen, auch unseren Dichter. Eine besondere Aura umgibt ihn. Thomas Mann läßt daran keinen Zweifel, wenngleich er die Methodik des Magiers für zweifelhaft, sprich unmoralisch, weil verführerisch und nicht aufklärend, hält.

»Aber lassen wir den Cipolla, lassen wir ihn ganz aus dem Spiel, und denken wir nur an Silvestra, deine reizende Silvestra! Wie? Sie sollte irgendeinem krähenden Hahn vor dir den Vorzug geben, so daß er lachen kann und du weinen mußt? Den Vorzug vor dir, einem so gefühlvollen und sympathischen Burschen? Das ist wenig wahrscheinlich, das ist unmöglich, wir wissen es besser, der Cipolla und sie. Wenn ich mich an ihre Stelle versetze, siehst du, und die Wahl habe zwischen so einem geteerten Lümmel, so einem Salzfisch und Meeresobst – und einem Mario, einem Ritter der Serviette, der sich unter den Herrschaften bewegt, der den Fremden gewandt Erfrischungen reicht und mich liebt mit wahrem, heißem Gefühl, – meiner Treu, so ist die Entscheidung meinem Herzen nicht schwer gemacht, so weiß ich wohl, wem ich es schenken soll, wem ganz allein ich es längst schon errötend geschenkt habe. Es ist Zeit, daß er's sieht und begreift, mein Erwählter! Es ist Zeit, daß du mich siehst und erkennst, Mario, mein Liebster ... Sage, wer bin ich?‹

Es war greulich, wie der Betrüger sich lieblich machte, die schiefen Schultern kokett erdrehte, die Beutelaugen schmachten ließ und in süß-

lichem Lächeln seine splittrigen Zähne zeigte. Ach, aber was war während seiner verblendenden Worte aus unserem Mario geworden? Es wird mir schwer, es zu sagen, wie es mir schwer wurde, es zu sehen, denn das war eine Preisgabe des Innigsten, die öffentliche Ausstellung verzagter und wahnhaft beseligter Leidenschaft. Er hielt die Hände vorm Munde gefaltet, seine Schultern hoben und senkten sich in gewaltsamen Atemzügen. Gewiß traute er vor Glück seinen Augen und Ohren nicht und vergaß eben nur das eine dabei, daß er ihnen wirklich nicht trauen durfte. ›Silvestra!‹ hauchte er überwältigt, aus tiefster Brust.«

So betrachtet, entwickelt Thomas Mann eine äußerste Sorgfalt in der Beschreibung des Cipolla, und in der Genauigkeit seiner Beobachtung liegt auch die Warnung vor dem, was ihn und uns verführen kann.

Diese Erkenntnisse haben mich bewegt, den Versuch zu unternehmen, die Novelle »Mario und der Zauberer« zu verfilmen.

Das Drehbuch

Literatur, noch dazu von einem Literaturnobelpreisträger, wie geht man damit um, wenn man sie ein halbes Jahrhundert später in ein anderes Medium umsetzen will?

Was unterscheidet ein Drehbuch für einen Film von einer Novelle?

Bei der Konzeption des Filmdrehbuches standen vier Fragen im Vordergrund:

Will man mit dem Filmdrehbuch eine werkgetreue Literaturverfilmung erreichen?

Kann man auf der Basis der literarischen Vorlage ein Filmdrehbuch entwickeln, das Jahrzehnte gesellschaftlicher Veränderungen berücksichtigt und das eine Geschichte erzählt, die dem Publikum von heute in seiner Wahrnehmung und seinem Wissen gerecht wird?

Kann es gelingen, Sprache in Bilder umzusetzen, die eine zweite und dritte Dimension im Bewußtsein des Zuschauers ansprechen?

Und: Wie kann man den angedeuteten Personenreigen in der Novelle miteinander verbinden, damit eine Story entsteht, in der sich ein Publikum von heute orientieren kann?

Die Frage der Relevanz für ein Publikum von heute: In der Novelle wie im Drehbuch geht es um die Verführbarkeit der Menschen. Mario unterliegt der Verführung Silvestras. Frau Angiolieri wäre einer Verführung durch Herrn Fuhrmann nicht abgeneigt. Herrn Angiolieri verführt die beginnende Macht, die er erhält. Fuhrmann unterliegt der Verführung seiner Wahrnehmungsqualitäten – er erkennt das Netzwerk der Verführungen –, handelt aber nicht entsprechend. Cipolla nutzt seine Fähigkeiten der Verführbarkeit, Sprache, Gestik, Habitus, Tricks und Hypnosen – und erliegt ihnen.

Fuhrmann und Cipolla sind Protagonist und Antagonist. Gegenspieler, die, ein jeder

für sich, den Reigen der Macht erkennen und damit auf ihre eigene Weise umgehen.

Cipolla als Demagoge mit physischer Präsenz, Fuhrmann als Seismograph mit intellektueller Präsenz. Das Spiel um Macht, um Abhängigkeiten und um die damit verbundenen Manipulationen ist damals wie heute relevant, denn letztlich geht es um unser aller Würde.

Diese Qualitäten, die in den Figuren steckten, waren ausschlaggebend für die Entscheidung, die literarische Vorlage inhaltlich in einen Kinospielfilm zu transponieren.

Die inhaltliche Qualität der Novelle, wie schon beschrieben Macht und Machtmißbrauch, Verführbarkeit, Manipulation und die Tatsache, daß wir gerade in Deutschland und in Europa wieder vor einer großen gesellschaftlichen, politischen, wirtschaftlichen und kulturellen Umbruchsituation stehen, haben mich dazu bewogen, die Novelle als Vorlage für ein Szenario zu betrachten, und, mit dem Wissen von Vergangenem, die Ge-

danken von Thomas Mann weiterzuführen. Geschichte soll durch diesen Versuch zu einem Erlebnis werden. Das Kinopublikum soll sich nicht nur an historischen Schauplätzen und Kostümen erfreuen, sondern in eine Handlung einbezogen werden, die ihm auch jetzt widerfahren kann. Die Hinweise in der Novelle auf den italienischen wie den deutschen Faschismus haben wir aus diesem Grunde weitgehend aus dem Drehbuch entfernt, denn über diese Zeit sind schon viele Bücher und Filme geschrieben und realisiert worden.

Ich habe es nicht als meine Aufgabe betrachtet, noch einmal der Historie den Spiegel vorzuhalten. Aus diesem Grunde weicht das Drehbuch auch von der Novelle an verschiedenen Stellen ab.

Beispiele:
Signora Sofronia ist nicht mehr die Vertrauensdame der Duse, sondern eine große Liebe von Puccini. Der Hinweis auf Puccini hat unter anderem auch den Reiz, die Musik als ein filmisch sehr emotionales Element auf organische Weise mit einzubeziehen.

Cipolla, der die Novelle nicht kontinuierlich, aber in der letzten Hälfte dominierend beherrscht, zieht sich im Drehbuch von Anfang an wie ein roter Faden durch.

Thomas Mann läßt ihn in seiner Novelle nur an einem Abend agieren. Da tobt er sich aus. Gerade diese Figur glaubwürdig darzustellen mit ihren Tricks und ihren Hypnosefähigkeiten, wie literarisch beschrieben, und mit ihrem persönlichen Hintergrund zu ergänzen, das erschien uns wichtig. Aus diesem Grund wurde Cipolla im Drehbuch mehrfach in neue Sequenzen eingebunden.

Um die Figur aber nicht zu beschädigen, haben wir ihm einen erweiterten Handlungsspielraum eingeräumt, zeigen ihn als Menschen, der sich an einem Abend zu einem großen Verführer entwickelt, weil die Atmosphäre, weil die Menschen auf die Veränderungen vorbereitet sind und eine Bereitschaft haben, sich dem »Neuen« zu öffnen, wobei sie noch nicht erkennen, welche Folgen das mit sich bringt. Und Cipolla erhält im Drehbuch eine eigene biographische Qualität.

Die Liebesbeziehung zwischen Mario und Silvestra wurde szenisch verstärkt, damit der

Zuschauer am Ende die Tragik und die Entwürdigung nachempfinden kann.

Mario und Silvestra verkörpern die junge Generation. Sie sind die Unschuldigen, sie sind leichter manipulierbar, leichter verletzbar als die Erwachsenen mit ihrer historischen Erfahrung.

Die Gemeinheit Cipollas, das Spiel mit der Verletzlichkeit, der Würde, überschreitet jede Schamschwelle, wenn Cipolla, vor den Augen der Öffentlichkeit, Marios Willen versucht zu brechen, was ihm letztlich gelingt.

Cipolla ist an diesem Abend selbst ein wenig überrascht über den Erfolg, den er beim Publikum hat. Dadurch gelingt ihm eine Steigerung seiner diabolischen Fähigkeiten.

Auf dem Höhepunkt der Verführung angekommen, ereilt Cipolla überraschend der Tod.

Marios Schuß ist eine Erlösung.

Fuhrmann, der Intellektuelle, der die Entwicklung verfolgt, aber nicht mit eingegriffen hat, erliegt ebenfalls Cipollas Darbietung. Nur Rachel, seine Frau, sieht das Schreckliche.

Die Familie fährt wieder nach Hause. Ein Urlaubsende mit Schrecken. Nur Sophie, die Tochter, beherrscht plötzlich einen Zaubertrick Cipollas! Was kann man in diesen Schluß nicht alles hineininterpretieren? Der Schrecken ist, daß das Böse – Thomas Manns Novelle, weitergeführt mit der historischen Erfahrung –, daß die Cipollas nicht ausgestorben sind und nicht aussterben werden. Es wird sie immer geben.

Novelle und Drehbuch, hier liegt eine der Chancen, Literatur als ein Produkt seiner Zeit zu verstehen und den Mut aufzubringen, weiterzudenken.

Das Drehbuch spiegelt in konzentrierter Form Abläufe zeitlich und örtlich geordnet wider, und die Protagonisten sind eingebunden in eine Story, in ihren neugeschaffenen Kontext.

Der Film

Die Übertragung eines Drehbuches in eine filmische, das heißt in eine konkrete visuelle und akustische Sprache, ist erneut ein schöpferischer Vorgang, bei dem sich manche geschriebenen und erdachten Szenen und Situationen anders gestaltet haben.

Schauplätze und Schauspieler zwingen einen, noch einmal das Drehbuch zu überprüfen; Veränderungen sind nahezu an der Tagesordnung. Künstler, für die Sache gewonnen, bringen sich selber mit ihrer Persönlichkeit ein, das gilt für die Arbeit vor und hinter der Kamera. Bilder werden zu textlichen Signalen. Der Kreis der Mit- und Weiterdenkenden wird größer, und am Ende bleibt von einem Drehbuch letztlich nur eine Form übrig, die man getrost als Libretto bezeichnen kann. Die Musik spielen die Akteure, die Spieler. Insoweit hat es zwangsläufig weitere Veränderungen, ausgehend von der Novelle über das Drehbuch bis hin zum fertigen Film, gegeben. Was am Schluß dabei herausgekommen ist?

Sehen Sie selbst!

Szenen und Bilder

Mario und der Zauberer

Auszüge aus dem Drehbuch

| Außen | **3** Porteclemente, Bahnhof | Tag |

Subjektive aus einem Zugfenster, während der Zug jäh zum Stillstand kommt, ein Zischen und eine kleine Dampfwolke, das Fenster wird geöffnet, die Musik wird lauter: Impressionen vom kleinen, ländlichen Bahnhof – einige Hühner laufen herum; einige Kaninchen in einem kleinen Stall an der Seite; ein Blumengarten, in dem ein alter Hund schnaufend im Schatten liegt; eine Ziege an einem Pfahl angebunden; Lautsprecher an zwei Pfeilern, aus denen die Musik ertönt, eine italienische Fahne hängt bewegungslos in der windstillen Hitze; der kleine BAHNHOFSVORSTEHER (mit blauer Mütze) und sein Gehilfe gehen zum Anfang des Zuges.

Subjektive von der anderen Seite der Schienen: ein Pfiff der Lokomotive, der Zug fährt aus dem Bahnhof und gibt den Blick frei auf die Familie FUHRMANN – BERNHARD und RACHEL mit ihren Kindern STEPHAN (12) und SOPHIE (8) – die zwischen einem Berg von Gepäckstücken auf dem Bahnsteig stehen; Fuhrmann dreht sich um und sieht…

…CIPOLLA in einem kleinen Garten auf der anderen Seite der Gleise; er wendet den Blick ab.

Der Bahnhofsvorsteher kommt herüber zur Familie Fuhrmann

Bahnhofsvorsteher Benvenuto in Porteclemente. Werden Sie abgeholt?

Fuhrmann Ich denke ja…

Alle sehen sich auf dem verlassenen Bahnhof zweifelnd um.

Der Bahnhofsvorsteher sieht Fuhrmann an – ein übertriebenes Achselzucken – »Wirklich?« Dann ein Leuchten in seinen Augen – er hat eine Idee.

Bahnhofsvorsteher Momento!

(4. ausgelassen)

| Außen | **Piazza – Torre di Venere** | Tag |

Eine Gruppe von Kindern läuft hinter dem Wagen her – einige rufen Sophie und Stephan Grüße zu.

Stephan (winkend) Giorgio!

Stephan versucht, aus dem Wagen zu klettern – Fuhrmann ergreift ihn von hinten und zieht ihn zurück.

Fuhrmann Niemand geht vorzeitig von Bord. (sieht Rachel an) Schließlich wollen wir wie ordentliche und anständige Leute ankommen.

Er lehnt sich vornehm zurück, als säße er in einer königlichen Kutsche.

Rachel lacht.

Einer der Jungs schießt mit dem Katapult einen Stein auf das Maultier ab. Der Fahrer beschimpft ihn lautstark.

Der Wagen fährt weiter über die Piazza (eine große italienische Fahne hängt aus dem Rathaus, vor dem ein Gerüst steht, auf dem Männer an der Hausfassade arbeiten; andere Menschen treffen Vorbereitungen für das Kellnerrennen; einige Menschen sitzen in Cafés; die roten Felsen erheben sich über die wunderschöne Kathedrale auf der anderen Seite).

Auf einem Motorrad mit Beiwagen fahren ein etwas verwegen aussehender junger Mann und eine Frau (Marcello und Christiana) aus der Stadt.

Der Karren fährt die Auffahrt hinauf zum Haupteingang des Grand Hotels.
(6. ausgelassen)

Außen	**10** Piazza	Tag

Bürgermeister (Off)
…zum jährlichen Kellnerrennen in Torre di Venere.
In diesem Jahr haben wir 47 Starter.

Die Kellner stellen sich in Reihe auf; jeder hält ein Tablett voller Teller und Gläser in der Hand. In der ersten Reihe stehen MARIO und FRANCESCO, Stefano und Marco.

Der BÜRGERMEISTER steht auf einem kleinen Holzpodest und spricht in ein Mikrofon.

Bürgermeister Ich bitte um Applaus für diese unermüdlichen jungen Männer, die dafür sorgen, daß Sie nicht hungern müssen!

Jubel und Zurufe aus der großen Menge, die aus Sommergästen und Einwohnern besteht und die Straßen säumt. Es hat den Anschein, als sei die halbe Stadt anwesend, um dem Ereignis beizuwohnen.

Stephan und Sophie stehen in der Menge dicht am Straßenrand.

Sophie Mario!

Mario sieht hinüber – ein strahlendes Lächeln breitet sich über sein Gesicht aus; er winkt mit seiner freien Hand.

Stephan hält seine gekreuzten Finger hoch; Mario nickt.

Bürgermeister Die Regeln sind einfach; wer die Ziellinie als erster mit unversehrter Tablettauflage erreicht, hat gewonnen. Natürlich erwarten wir einen fairen Wettkampf.

Gelächter aus der Menge.

Bürgermeister (Forts.)
Und – wie immer – gebührt dem Sieger die Ehre, den heutigen Vestalinnen-Ball zu eröffnen, der dieses Jahr im Grand Hotel stattfinden wird. In den letzten drei Jahren war es stets der gleiche, der sich diese Ehre erkämpfte: Mario Anzio!

Mario lächelt ein wenig befangen.

Anfeuerungsrufe aus der Menge.

Bürgermeister (Forts.)
Als Starterin begrüßen wir eine Frau, die aus unserer großartigen Hauptstadt gekommen ist, um den Sommer in ihrer Heimatstadt zu verbringen: Die in diesem Jahr zur Vesta gekürte: Silvestra Angiolieri!

Einige begeisterte »Silvestra«-Rufe aus der Menge, während der Bürgermeister einem wunderschönen 18jährigen Mädchen auf das Podest hilft. Sie zeigt ein strahlendes Lächeln, winkt der Menge zu, aber man hat den Eindruck, als wäre sie eher amüsiert als aufgeregt.

Einige der auf den Start des Rennens wartenden Kellner tauschen anerkennende Blicke aus.

Francesco (zu Mario)
Heute gewinne ich den Preis.

Mario Wir werden ja sehen.

Pfiffe und Rufe mischen sich unter den Applaus der Menge.

Der Bürgermeister reicht Silvestra eine Pistole, dreht ihr das Mikrofon zu; sie sieht auf die Kellner herab, sagt etwas in das Mikrofon, doch statt ihrer Stimme hört man nur ein lautes, dröhnendes Geräusch.

Rachel und Fuhrmann auf ihrem Balkon.

Fuhrmann (zweifelnd)
Silvestra....?

Rachel (beeindruckt)
Wow.

Silvestra lacht, beugt sich zu den Kellnern herab und ruft:

Silvestra Viel Glück!

Es hat den Anschein, als würde jeder Kellner versuchen, ihren Blick einzufangen.

Silvestra Auf die Plätze...

Die Kellner konzentrieren sich auf den Start.

Silvestra ...fertig...

Sie hebt die Pistole und verzieht das Gesicht in Erwartung des lauten Knalls.

Silvestra ...los!

Die Kellner, das Geräusch eines Schusses, sie laufen die Straße hinunter, auf die Kamera zu.

Heftige Anfeuerungsrufe aus der Menge – man hört Anfeuerungen für »Francesco«, »Alfredo«, »Mario«, »Stefano« usw.

Zwei oder drei Kellner kommen sich in die Quere und stellen sich gegenseitig ein Bein, ihre Tabletts landen krachend auf dem Boden.

Lachen und Buhrufe aus der Menge.

Die jüngeren Zuschauer laufen an den Straßenrändern neben den Kellnern her. Ein Junge (FUGGIERO, 13) zieht einen winzigen Spitz an der Leine hinter sich her.

Stephan und Sophie laufen mit den anderen und feuern Mario an.

Mario und Francesco unter den Führenden. Die Kellner, die das Tablett auf der einen Hand balancieren und mit der anderen abstützen, erreichen das erste Hindernis; eine lange Reihe von Tischen versperrt die Straße, über die sie hinwegmüssen. Hierzu setzen sie sich auf die Tische, heben die Beine, vollführen auf ihrem Hinterteil eine Drehung zur anderen Seite und setzen den Lauf fort.

Einige Kellner verlieren die Kontrolle über ihr Tablett, und einige fallen sogar hin.

Buhrufe und Mißfallensäußerungen von einigen Zuschauern aus der Menge, andere lachen schallend, andere wiederum feuern die verbleibenden Teilnehmer an. Die Kellner drängen in eine schmale Gasse, die so eng ist, daß nur jeweils zwei Personen nebeneinander Platz finden; ein schwieriger Engpaß, weitere Tabletts krachen zu Boden.

Lauf durch die Gasse: Mario, Francesco und ein anderer Kellner haben sich etwas vom Feld abgesetzt. Mario ist zweiter, Francesco dicht hinter ihm.

Die Kinder laufen vorbei an der Gasse bis zur nächsten Ecke, wo die Kellner wieder herauskommen, um auf die Zielgerade einzubiegen.

In der Gasse: der führende Kellner läuft gegen eine Hauswand, verliert die Kontrolle über sein Tablett; Mario und Francesco weichen ihm geschickt aus. Mario schaut über die Schulter zurück – Francesco ist direkt hinter ihm.

Rachel zieht Fuhrmann am Rand der Menge entlang, auf der Suche nach einem freien Blick auf das Geschehen.

Mario und Francesco – nun stark schwitzend – kommen aus der Gasse auf die Hauptstraße und setzen zum Endspurt an.

Fuggiero, der in der Menge steht, läßt seinen kleinen Hund von der Leine und gibt ihm einen »aufmunternden« Stups mit dem Fuß. Der Hund verschwindet zwischen den Beinen der Zuschauer.

Mario zieht an Francesco vorbei.

Die Menschen feuern beide an, Stephan und Sophie unterstützen Mario lautstark.

Mario und Francesco erreichen das letzte Hindernis – ein in Hüfthöhe über die Straße gespanntes Seil, unter dem sie hindurchmüssen. Zwanzig Meter weiter auf der anderen Seite ist die Ziellinie.

Fuggieros Hund läuft auf die Straße, bellt die Kellner an.

Menschen lachen über diese unerwartete Zugabe.

Mario ist halbwegs unter dem Seil hindurch, als der Hund plötzlich nach seinem Bein schnappt; Mario zögert.

Francesco läuft an Mario vorbei.

Stephan und Sophie trauen ihren Augen nicht.

Francesco läuft durch das Portal der Auffahrt zum Grand Hotel und zerreißt das Zielband, das dort gespannt war.

Im Hof des Grand Hotels sieht er sechs weißgekleidete Mädchen (vestalische Jungfrauen), die für das Fest am Abend proben.

| Außen | **13**
Strand | Tag |

Eine wunderschöne Sandburg … ein Fuß kommt ins Bild und tritt einen der Türme ein.

Man hört einen Gewehrschuß.

FUGGIERO und drei Freunde, alle in Matrosenkleidung mit Matrosenhüten, laufen hämisch lachend fort.

Fuggiero Deutsche Sandburgen sind häßlich!

Sie laufen zu einem großen Sonnenschirm, unter dem die Principessa und ihr Gefolge ihr Lager aufgeschlagen haben. Die Principessa hält ein Schrotgewehr in der Hand und schießt Tontauben. Einer der Männer in ihrer Begleitung trägt einen Wüstenhelm (wie Lawrence von Arabien). Die Gouvernante bemuttert Fuggiero.

Stephan und Sophie sitzen vor der zerstörten Sandburg. Sophie kocht vor Wut und beobachtet Fuggiero.

Sophie Der Trottel sucht Streit.

Der Strand ist sehr voll, aber die meisten Menschen haben in den bunten Strandhäuschen oder unter Sonnenschirmen Schutz vor der Sonne gesucht – unter ihnen ist auch Jonathan Heath. Von den Fahnenmasten an der Promenade hängen italienische Fahnen bewegungslos herab. Die Sonne brennt, es ist drückend heiß, kein Luftzug geht, die See ist spiegelglatt. Strandpersonal kümmert sich um die Wünsche der Urlauber, Kellner servieren Getränke. Ein RETTUNGSSCHWIMMER überwacht das Geschehen; er blickt hinüber zum öffentlichen Bereich, sieht, wie Rosalie und Marco sich im Sand aneinanderkuscheln.

Fuhrmann – mit weißer Sonnenschutzcreme auf der Nase – sitzt gegen eines der Strandhäuschen gelehnt, hält ein Buch in der Hand, aber es sieht nicht aus, als würde er lesen. Er läßt seinen Blick über den Strand schweifen – über braungebrannte Körper, die in der Sonne und im Schatten liegen; über die italienischen Fahnen, die schlaff von den Masten hängen, er blickt hinauf in die Sonne, zurück über den dunstigen Horizont, sieht Rachel an, die auf dem Rücken unter einem großen, bunten Sonnenschirm liegt.

Sie öffnet ihre Augen, bewegt sich aber nicht, läßt zu, daß er sie betrachtet, ihren Körper. Die letzte Nacht war wunderbar, sie fühlt sich gut. Sie lächelt träge.

Rachel Gehen wir schwimmen?

Fuhrmann blickt auf die stille See.

Fuhrmann Das Wasser sieht wärmer aus als der Sand.

Rachel steht, zieht Fuhrmann neckisch aus dem Sitz in den Stand.

Fuggiero und seine Freunde bohren ein Loch in eine Umkleidekabine; Fuggiero kniet nieder und schaut durch das Loch.

Fuhrmann sitzt wie ein paralysierter, ausgezehrter Buddha in etwas über knietiefem Wasser; lässig winkt er dem Rest seiner Familie zu, der in tieferem Wasser spielt.

An der Seite watet Fuggiero durch das Wasser; immer wieder schaut er zu den Fuhrmanns hinüber. Plötzlich fällt er auf die Knie und beginnt zu heulen.

Die Principessa blickt auf, ruft der Gouvernante etwas zu, die schnell aufsteht und zu Fuggiero läuft.

Der Mann mit dem Wüstenhelm ruft dem Rettungsschwimmer zu, einen Doktor zu holen, ein Stranddiener läuft fort.

Fuhrmann beobachtet all dies von seinem Platz im flachen Wasser.

Rachel und die Kinder in tieferem Wasser.

Sophie Geschieht ihm recht ...

Sophie taucht, macht einen Handstand unter Wasser.

Der Stranddiener führt den HOTELARZT – der eine schwarze Tasche trägt – zur Principessa. Die Principessa sitzt immer noch unter dem Sonnenschirm und ruft dem Arzt Anweisungen zu.

Der Arzt und der Mann mit dem Wüstenhelm laufen zum Wasser hinunter, wo die Gouvernante vergeblich versucht, Fuggiero zu beruhigen, der laut schreiend wie von Sinnen im flachen Wasser um sich schlägt. Der Arzt ergreift Fuggieros Bein und entfernt einen kleinen, weichschaligen Krebs von seinem großen Zeh.

Mann mit Hut Was können wir tun?

Arzt Vielleicht kaufen wir ihm ein Eis?

Mit leichtem Kopfschütteln beobachtet der Arzt, wie zwei Stranddiener schnell mit einer Trage gelaufen kommen; sie helfen Fuggiero auf die Trage, einer muß Fuggiero niederhalten, damit er sich ruhig verhält.

Der Arzt steht vor der Principessa, die immer noch im Schatten sitzt, das Schrotgewehr auf dem Schoß. Der Mann mit dem Hut drückt sich in der Nähe herum.

Principessa ... was soll das heißen, es gibt nichts zu behandeln?

Arzt Es war nichts weiter als ein kleiner Krebs ...

Principessa (fällt ihm ins Wort)
Mein Sohn wurde von einem Krebs gebissen, und Sie wollen nichts unternehmen? Er ist ein sehr empfindliches Kind. Wenn er nun eine Infektion bekommt?
Diese schlimmen Bakterien! Sie haben den hippokratischen Eid abgelegt, nicht wahr? Sie sind verpflichtet, uns zu helfen.

Die Stranddiener tragen Fuggiero vorbei. Der Junge flennt seine Mutter an, die Principessa gibt ihm ein kurzes, verärgertes Zeichen mit der Hand, dabei spricht sie fortwährend mit dem Arzt.

Principessa Ich sollte mich bei der Hotelführung über Sie beschweren. (Zu dem Mann mit dem Wüstenhelm) Bringen Sie den Arzt zum Zimmer meines Sohnes.

Arzt Das ist nicht nötig. Ich kenne den Weg.

| Innen | **Grand Hotel – Speiseraum** | Nacht |

(15A.) Ein Kellner, der ein Tablett mit leeren Tellern trägt, eilt in Richtung Schwingtür, die zur Küche führt; kurz bevor er die Tür erreicht, kommt ein anderer Kellner aus der Küche, er trägt ein Tablett mit frisch belegten Tellern; wir begleiten den ersten Kellner in die Küche, wo er das Tablett mit den leeren Tellern abstellt, eines mit neuen Bestellungen aufnimmt und dann wieder hinausgeht in den…

…Speiseraum des Grand Hotels, geschmackvoll, teuer. Im hinteren Teil, mit Blick auf das Meer, eine Veranda mit Kerzen auf den Tischen. Im Hintergrund eine Frau in schwarzem Kleid mit weißem Kragen, die Piano spielt.

Kellner in passender Garderobe servieren an den Tischen; Pastore, der einen Frack trägt und am Eingang steht, grüßt die Gäste, führt sie zu ihren Tischen und überwacht das Geschehen im Speiseraum.

Die Fuhrmanns – in Abendgarderobe – treten durch die großen Glastüren in den Raum ein, sehen sich um, gut gelaunt.

Pastore Guten Abend – einen Tisch für vier Personen?

Fuhrmann Ja bitte, auf der Veranda.

Pastore zögert einen Moment.

Pastore Es tut mir leid, alle Tische auf der Veranda sind besetzt. Sie können sich einen der Tische hier im Speiseraum aussuchen.

Fuhrmann sieht zur Veranda hinüber: drei Tische sind noch frei.

Eine weitere Gruppe ist in den Speiseraum eingetreten und wartet nun hinter ihnen.

Fuhrmann Was ist mit diesen Tischen?

Pastore Die sind reserviert für … nostri clienti.

Fuhrmann (nach kurzer Pause) Oh?

Er starrt Pastore einen Moment lang an. Rachel gibt ihm einen warnenden Blick.

Etwas später:

Sophie liest aus der vor ihr liegenden Speisekarte.

Sophie (Off/On)
...e gamberi, e prosciutto, e minestrone...

Stephan (Off/On)
...e tagliatelle alla panna, e agnello con patate.

Francesco Meine Mutter würde euch lieben.

Die Fuhrmanns sitzen an einem der Tische im eigentlichen Zentrum des Speiseraumes, im Hintergrund sieht man, daß auch Mario an einigen Tischen bedient.

Francesco Ist das zunächst einmal alles?

Rachel Ja.

Fuhrmann blickt über seine Schulter und sieht...

...Pastore, der viel Aufhebens macht, als er die Principessa und ihre Gäste an einen Tisch auf der Veranda geleitet. Die Principessa kreischt ihren Sohn an, alles was man verstehen kann, ist das Wort »Fuggiero«.

| Außen | **19** Piazza, Cafe Esquisito | Tag |

Mit einem Strohhut auf dem Kopf schlendert Fuhrmann über die Piazza – vorbei an Cafés, Andenkenläden, zahllosen anderen Touristen; ein Gefühl von aufgesetzter Förmlichkeit und Langeweile.

Als Fuhrmann die Piazza überquert, treffen zwei Busse aus unterschiedlichen Richtungen ein und halten; unzählige gutgelaunte Tagestouristen quellen aus den Bustüren; ein Bus hat eine Fehlzündung, stößt eine schwarze Rauchwolke aus dem Auspuff. Die Touristen lachen.

Klänge eines Puccini-Stückes dringen aus dem Café Esquisito auf die Straße. Ihre Tabletts perfekt mit einer Hand balancierend, bedienen Mario und Francesco an den voll besetzten Tischen, an denen die Gäste reden und lachen.

Mario bedient ein Ehepaar. Die Frau lächelt Mario zu, ihr Blick ist direkt, fast einladend. Mario lächelt zurück, unschuldig – offen.

Mario kommt herüber zu Fuhrmann, der an einem kleinen Ecktisch im Schatten der Markise sitzt; vor ihm liegt ein geöffnetes Notizbuch; Mario stellt ein Glas Tee ab.

Fuhrmann Vielen Dank, Mario.

Mario Warmes Getränk bei Hitze, kühles Getränk bei Kälte.

Fuhrmann lächelt – Mario hat sich daran erinnert.

Fuhrmann Ich werde im Leben nicht verstehen, wie Dante an diesem Ort arbeiten konnte.

Ein heiteres lautes Lachen. Mario und Fuhrmann sehen hinüber zu…

…Silvestra, die gemeinsam mit Jonathan Heath und einem anderen Gast aus dem Grand Hotel an einem Tisch in der Nähe sitzt; beide Männer kämpfen um ihre Aufmerksamkeit.

Fuhrmann und Mario tauschen einen Blick aus. Mario lächelt ein wenig befangen und geht dann wieder ins Innere des Cafés.

Silvestra sieht zu Fuhrmann hinüber, ihre Blicke treffen sich; plötzlich steht Silvestra auf und geht zu seinem Tisch.

Silvestra Haben Sie genug vom Strand?

Fuhrmann Eine permanente Kollision mit der Menschheit.

Silvestra Ich weiß, Torre ist wundervoll, aber nur in Maßen. Besonders nach Rom – viel Abwechslung gibt es hier nicht.

Fuhrmann sieht hinüber zu Mario, Silvestra folgt seinem Blick.

Fuhrmann Wirklich?

Ein kleines Lächeln umspielt Silvestras Mund.

Silvestra Das könnte ganz interessant sein – für eine Weile. Störe ich Sie?

Fuhrmann Überhaupt nicht.

Er weist auf einen Stuhl. Die beiden Männer, mit denen sie zuvor zusammengesessen hat, versuchen erfolglos, sie nicht zu beobachten.

Silvestra Mich würde interessieren, wie Sie die Themen für Ihre Geschichten auswählen.

Fuhrmann Nicht ich wähle aus – sie wählen mich aus.

Silvestra versteht nicht.

Fuhrmann Ich hatte schon immer das Gefühl, daß das, was mir passiert, der Mikrokosmos dessen ist, was in der großen Welt geschieht. Deshalb denke ich nicht viel darüber nach, was wichtig und was unwichtig ist.

Silvestra Der Schriftsteller als Visionär?

Fuhrmann Ist das ein Interview?

Silvestra Vielleicht.

Fuhrmann Dann muß ich bescheiden sein. Wie wäre es mit »Der Schriftsteller als äußerst empfindlicher Seismograph«?

Mario, der die anderen Gäste bedient, sieht Fuhrmann und Silvestra zusammen lachen.

21

| Innen | Grand Hotel – Suite der Fuhrmanns | Nacht |

Rachel liegt mit schmerzverzerrtem Gesicht auf dem Bauch im Bett.

Fuhrmann (Off/On)
Du mußt lernen, dich bei großer Hitze so zu verhalten, wie es die Helden der Antike getan haben.

Man sieht, daß Fuhrmann eine Gurke in Scheiben schneidet und die Stücke vorsichtig auf Rachels sonnenverbrannte Schultern legt. Aus dem Kinderzimmer hört man gelegentlich Stephan husten.

Rachel Und das wäre?

Fuhrmann Suche ein schattiges Plätzchen im nächsten Café und beobachte den Sommer aus sicherer Entfernung. Besser?

Rachel Mmmmm.

In diesem Moment ein lautes Klopfen. Rachel wendet den Kopf – sieht Fuhrmann fragend lächelnd an – hat er eine Überraschung bestellt?

Im Bademantel öffnet Fuhrmann die Tür; Pastore steht im Gang.

Fuhrmann Ja?

Pastore Entschuldigen Sie, Professore Fuhrmann, aber wenn Sie nichts gegen den Husten unternehmen können, müssen wir Sie leider in eines der Nebengebäude verlegen, wo nicht so viele andere Gäste gestört werden.

Fuhrmann Wissen Sie, wie spät es ist?

Pastore Das tut mir leid, aber einige der Gäste sind besorgt wegen der Ansteckungsgefahr.

Rachel kommt in den Gang, um nachzusehen, was los ist.

Fuhrmann nickt nachdenklich.

Fuhrmann Sie befürchten Kontagiosität?

Pastore sieht Fuhrmann verblüfft an – er hat dieses Wort nie gehört.

Pastore Ich … bin wirklich nicht in der Lage, das zu beurteilen.

Fuhrmann Nicht? Nun, dann holen Sie einen Arzt.

Kurze Pause.

Pastore Zu so später Stunde?

Fuhrmann Es war für Sie ja auch nicht zu spät, meine Familie aufzuwecken.

Pastore zögert, dann:

Pastore Nun gut.

Fuhrmann Und ich schlage vor, daß Sie Signore Graziano auch gleich mitbringen.

(21 A.) In Stephans Zimmer.

Graziano ist wütend.

Arzt (Off)
…und ausatmen.

Stephan liegt im Bett, ist verängstigt, atmet aus.

Der Hotelarzt, der Fuggieros Zeh am Strand versorgt hat, sitzt auf der Bettkante und hört Stephans Brust mit einem Stethoskop ab.

Um das Bett herum stehen Rachel, Fuhrmann, Graziano und – ein wenig abseits mit ausdruckslosem Gesicht – Pastore.

Sophie späht durch einen Spalt in der Tür zwischen ihrem Zimmer und dem ihres Bruders.

Arzt Jetzt bitte husten.

Stephan hustet vorsichtig.

Arzt Das nennst du husten? Nun zeig' uns mal, wie sich richtiger Husten anhört!

Fuhrmann gibt Stephan ein kurzes Zeichen, schließt die Tür zu seinem Zimmer, wendet sich den anderen zu, jetzt im Vorzimmer.

Arzt (zu Graziano)
Er ist gesund. (dann zu Rachel)
Vielleicht ein wenig schüchtern?

Rachel (lächelt)
Ja – vielleicht ein wenig. Vielen Dank, Doktor.

Pastore unterbricht lautstark.

Pastore Daß er jetzt nicht hustet, bedeutet noch lange nicht, daß er nicht wieder damit anfängt, wenn wir fort sind.

Graziano Signore Pastore –

Pastore – wir können die anderen Gäste nicht der Gefahr ansteckender Krankheiten aussetzen.

Arzt Die Reste einer Bronchialerkrankung. Nichts Ansteckendes.

Fuhrmann (mit gespieltem Ernst)
Keine Gefahr akustischer Kontagion?

Arzt (lächelt)
Nicht einmal das.

Pastore ist nicht sicher, ob sie sich lustig machen oder nicht. Graziano wirft ihm einen wütenden Blick zu, dann:

Graziano Ich möchte mich in aller Form für die Störung entschuldigen.

Fuhrmann Ich nehme an, die Angelegenheit ist damit erledigt?

Graziano Absolut. (zu Rachel) Gute Nacht, Signora Fuhrmann.

Rachel Gute Nacht.

(21 B.) Flur. Während der Arzt, Pastore und Graziano den Flur hinuntergehen, sieht Fuhrmann eine offene Tür; Pastore und Graziano treten durch diese Tür in den dahinter liegenden Raum, der Arzt wartet vor der Tür. Man hört die laute Stimme der Principessa, die Graziano beleidigende Worte ins Gesicht schleudert. Nach einer Weile kommt Graziano wieder heraus, deutet eine Verbeugung an und geht zusammen mit dem Arzt den Flur hinunter.

Graziano (zum Arzt)
Wo sind Sie aufgewachsen?

Arzt Bergamo.

Graziano Ah. Eine wundervolle Stadt.

Pastore tritt aus dem Zimmer der Principessa und macht eine schroffe Verbeugung.

| Außen | **27** Piazza | Nacht |

Christiana, bekleidet mit einem Ballettröckchen, kauert auf dem Boden, hinter ihr eine Stehleiter, an deren Schenkel ein Plakat befestigt ist, das Cipollas neue Zaubershow ankündigt; burleske Musik, Christiana öffnet ihre Augen.

In einer Ecke der Piazza ein Motorrad mit Beiwagen und einem kleinen offenen Anhänger mit verschiedenen kleinen Requisiten; neben dem Motorrad steht Marcello, eine große Trommel auf den Rücken gebunden (die er mit einem Pedal schlagen kann), ein Mundharmonikagestell vor dem Mund, die Hände frei, um kleine, von einem Generator gespeiste Handlampen zu betätigen und die anderen Darsteller zu beleuchten (er ist eine Ein-Mann-Kapelle); vor ihm Christiana auf dem Boden; hinter ihr die Leiter, oben auf der Leiter, wie ein Puppenspieler, Cipolla. Einige Menschen sind stehengeblieben und schauen zu (im Verlauf der Einstellung wird die Zuschauergruppe immer größer, unter ihnen auch das Ehepaar, auf deren Maultier-Wagen die Fuhrmanns mitgefahren sind).

Cipolla hält seine Arme so, als hielte er die Fäden einer Marionette in den Händen; er hebt eine Hand. Marcello begleitet Cipollas Bewegungen mit seinen Instrumenten.

Christiana hebt ihren Kopf, kommt mit eckigen Bewegungen auf die Füße. Einige Zuschauer lachen.

Cipolla sieht sich auf der Piazza um; während er dies tut, bleiben einige Menschen stehen, scheinbar von ihm angezogen.

In der Nähe, beim Café Esquisito, sitzen Stephan, Sophie, Silvestra und Mario an einem der Tische und essen Eis.

Stephan Was sind das für Leute?

Sophie Oh. Können wir nicht hingehen und zuschauen? Bitte!

Stephan (zu Sophie)
Werd' bloß nicht hysterisch.

Sophie sieht Stephan böse an.

Silvestra (sieht Mario an)
Warum nicht?

Mario Natürlich. Wie ihr wollt.

Sie stehen auf, Stephan und Sophie laufen vornweg; Mario holt einige Münzen aus seiner Tasche und legt sie auf den Tisch, dann folgen er und Silvestra einigen anderen, die ebenfalls hinüber zu Cipolla gehen.

Stefano kommt und steckt die Münzen ein, sieht Mario und Silvestra hinterher; ein anderer Kellner tritt hinter ihn.

Kellner 2 Deshalb wollte er also heute seinen freien Abend.

Stefano Für eine Nacht mit ihr würde ich einen Monat lang auf jeden freien Abend verzichten.

Mario und Silvestra erreichen Stephan und Sophie, die in der kleinen Menschengruppe stehen und zuschauen, wie Christiana mit ruckartigen Bewegungen zu Marcellos Musik unter Cipollas »Führung« tanzt. Mario hat Hemmungen gegenüber Silvestra, ist andererseits aber auch wirklich stolz darauf, mit ihr zusammen auszugehen.

Fasziniert beobachtet Stephan Cipolla auf der Leiter.

Cipolla läßt Christiana stolpern und zieht sie dann wieder auf die Beine.

Lachen aus der Menge. Sophie ist begeistert, sie dreht sich um zu Silvestra und Mario, die in ihr Lachen einstimmen.

Stimme (Off)
Ist das die Nebenvorstellung oder die Hauptattraktion?

Silvestra dreht sich um, Jonathan Heath steht hinter ihr.

Silvestra Ich schätze, das müssen wir abwarten.

Cipolla, auf der Leiter, entdeckt…

…Silvestra, sie steht nun mit dem Rücken zu Mario, lacht mit Jonathan Heath; Mario fühlt sich etwas ausgeschlossen.

Cipolla zieht seine Hände abrupt zurück.

Christiana steht bewegungslos.

Dann »dirigiert« er Christiana mit leichten Handbewegungen hinüber zu Mario – Cipolla und Christiana haben keinen Augenkontakt, und es ist kaum vorstellbar, daß diese Einlage geprobt war.

Christiana hält vor Mario inne und vollführt synchron zu Cipollas Handbewegungen einen kleinen Tanz nur für ihn.

Cipolla und Marcello tauschen ein wissendes Lächeln.

Alle Zuschauer beobachten Mario; Sophie und Stephan sind stolz und glücklich, Silvestra wendet sich von Jonathan Heath ab und lächelt Mario an, er gibt ein leicht befangenes Lächeln zurück.

Dann spielt Marcello eine traurige Melodie auf der Mundharmonika, Christiana verläßt Mario, kehrt zur Leiter zurück, kniet nieder und kauert sich wieder auf den Boden.

Cipolla Christiana und Marcello!

Applaus der Menge.

Christiana steht auf, verneigt sich und hält dann die Leiter, während Cipolla herabsteigt.

Man kann nun erkennen, daß sein Körper seltsam verrenkt ist, seine Bewegungen sind steif und unbeholfen. Es wird still, während er – Schritt für Schritt – die Leiter heruntersteigt.

Man merkt, daß viele der Zuschauer eine unbehagliche Faszination verspüren, als Cipolla von der Leiter herabsteigt, sich ihnen zuwendet und sich verbeugt.

Wenige Zuschauer klatschen.

Cipolla Eine bekannte Zeitung hat kürzlich geschrieben, daß es heute in Italien nur zwei wirklich große Künstler gibt – Eleonora Duse und mich. Vielleicht treten wir eines Tages gemeinsam auf – als Romeo und Julia!

In Rom nennt man mich ein Phänomen, und die höchsten Würdenträger des Landes beehren mich durch einen Besuch.

Marco – in der Menge hinter Cipolla – wendet sich Francesco und Maria zu:

Marco Ein medizinisches Phänomen!

Die Menschen um sie herum lachen.

Cipolla wirbelt herum.

Cipolla Wer hat das gesagt?

Schweigen.

Cipolla Was? …So mutig hinter meinem Rücken – und nun so feige?

Marco Ich war's.

Cipolla Ah, bravo. Du gefällst mir – wie ist dein Name?

Marco Marco.

Cipolla Du bist ein richtiger Mann, nicht wahr, Marco – einer, der den Frauen gefällt.

Gutaussehend und selbstsicher. Die Natur war großzügig bei deiner Erschaffung. Du tust, was du willst, stimmt's? Und du bist zweifellos gewohnt, daß du auch bekommst, was du willst. Aber ist es nicht auch eine schreckliche Last, immer ein solches Vorbild zu sein? Wäre es nicht schön, einmal nicht über Wollen und Tun nachzudenken? Natürlich wäre das schön. Warum zeigst du diesem erlesenen und freundlichen Publikum nicht einfach deine Zunge?

Marco Das verbietet mir meine gute Erziehung!

Unterstützendes Lachen aus der Menge, während zwei Polizisten vorbeigehen.

Cipolla Laß dir die Hand schütteln.

Cipolla geht zu Marco und nimmt seine Hand.

GROSSAUFNAHME Marcos Hand, eine Uhr am Handgelenk, in Cipollas Hand.

Cipolla sieht Marco fest in die Augen.

Cipolla Dein Arm ist stark, aber dein Wille ist schwach. Bei allem Respekt vor deinen Eltern und deiner Erziehung, bin ich davon überzeugt, daß du dich umdrehen und den Menschen die Zunge herausstrecken wirst, bevor ich bis drei gezählt habe.

Cipolla sieht Marco eindringlich an, Marco schaut verwirrt.

Cipolla Eins...

Marco dreht sich um und streckt seine Zunge heraus.

Überraschtes, zuweilen unsicheres Lachen der Zuschauer.

Cipolla geht fort von Marco.

Cipolla Jeder weiß, daß die Jugend stürmisch ist, doch bedenke, Marco: sie ist auch vergänglich.

Cipolla dreht sich um und wirft Marcos Uhr zu ihm zurück.

Marco ist wider Willen überrascht und beeindruckt.

Anerkennendes Lachen und Applaus der Menge.

Plötzlich erblickt Cipolla die Marktfrau Giselda, die neben Rosalia in der Menge steht.

Cipolla geht zu ihr, sieht sie einen Moment lang an, beugt sich vor bis dicht an ihr Ohr und flüstert:

Cipolla Sei froh, daß deine Eltern gemeinsam im Bett gestorben sind. Sie kannten keine Einsamkeit.

Nachdem sie diese Worte vernommen hat, weicht Giselda jäh zurück und starrt Cipolla an, dann ergreift sie plötzlich seine Hand, fällt mit verzücktem Gesichtsausdruck auf die Knie und küßt seine Finger.

Cipolla zieht vorsichtig seine Hand zurück und hilft Giselda wieder auf die Beine.

Beeindrucktes Gemurmel aus der Menge.

Cipolla (an die Menge)
Und nun – während ich euch den Rücken zuwende – möchte ich, daß jemand einen persönlichen Gegenstand an Christiana gibt.

Christiana bewegt sich durch die Menge. Eine ältere Frau gibt ihr schnell – fast flehend – eine Brosche.

| Innen | **31** Tonnara / Pergola | Tag |

Cipolla liegt mit nacktem Oberkörper und mit dem Gesicht nach unten auf einem Tisch, während Christiana ihn mit einem Schwamm wäscht.

Marcello, der singt, kommt aus einer Abseite, zieht sich die Hosenträger über die Schultern; er hilft Christiana dabei, Cipolla vom Tisch zu heben und auf einen Stuhl zu setzen. Sie streifen ein schweres Korsett über seinen Oberkörper und legen ihn dann vorsichtig auf den Tisch.

Während sie ununterbrochen weitersingt, beginnt Christiana damit, das Korsett zu schnüren. Sie zieht fest an den Bändern und arbeitet sich langsam von unten nach oben, ihre zarten Arme müssen sehr kräftg sein; während das Korsett immer fester wird, richtet sich Cipollas Körper langsam auf; gelegentlich stöhnt Cipolla auf, was Christiana offenbar nicht registriert.

Marcello und Christiana sind bei der letzten Strophe angekommen, sie erheben die Stimmen, gebärden sich gespielt theatralisch.

Christiana zieht die obersten Bänder fest, Cipolla hebt den Kopf, er sieht...

...die beiden Jungen schüchtern in der Tür stehen, als wären sie ertappt worden.

Eine Sekunde lang verhärten sich Cipollas Züge, dann lächelt er und breitet die Arme aus.

Cipolla Ah... gelato!

Ein wenig später:

Christiana gibt Cipolla mit einem Löffel etwas Eiskrem in den Mund, Cipolla läßt das Eis im Mund kreisen, hebt verzückt den Blick und schluckt genießerisch.

Cipolla Wo man all diese attraktiven, gebräunten Körper sieht?

Stephan ist das offenbar peinlich, er sieht nach unten.

Christiana lacht.

Cipolla lächelt Mario an.

Cipolla Er ist sehr hübsch, dein junger Freund. Und du, Mario, die Mädchen müssen dich schrecklich verwöhnen.

Mario zuckt leicht die Achseln.

Cipolla Wie? Es gibt jemanden, der deine Aufmerksamkeiten nicht erwidert?

Das ist eher eine rhetorische Frage; jedenfalls wartet Cipolla nicht auf eine Antwort. Plötzlich, mit täuschender Gewandtheit und kindlicher Freude, zieht er ein geschliffenes Glasprisma unter dem Tisch hervor; er hält es in das durchs Fenster hereinbrechende Licht, dreht es herum:

Cipolla Dann werden wir dich in Licht baden und alles und jeden verzaubern.

Über Marios Körper tanzen zahllose winzige Lichtspektra. Mario lacht, als würde es kitzeln.

Stephan, erstaunt.

Stephan Was ist das?

Cipolla Leben ohne Heuchelei.

Stephan versteht nicht.

Cipolla wirbelt das Prisma herum.

Cipolla Wahrheit.

Cipolla Mmmmmmmm.

Alle sitzen um einen kleinen Tisch und essen allmählich zerlaufende Eiskrem aus einer großen Schüssel.

Christiana lächelt Mario zu.

Christiana Du bist wirklich ein Engel ... du bist wirklich einzigartig.

Mario lächelt offen, naiv.

Cipolla (wie zu sich selbst)
Ja ... unser Freund Mario, meint es immer gut mit uns.
(dann zu Stephan)
Und wie gefällt deinen Eltern der Urlaub?

Stephan (schüchtern)
Es gefällt uns sehr gut.

Cipolla Am Strand liegen?

Stephan nickt.

| Außen | **34**
Strand | Tag |

Mit dem Rücken eines Fingers streichelt ein Mann (Fuhrmann) verstohlen die Seite des nackten Schenkels einer Frau (Rachel).

Fuhrmann und Rachel liegen unter einem bunten Sonnenschirm; Fuhrmann liegt auf dem Rücken, einen Arm über die Augen gelegt, Rachel liegt neben ihm auf dem Bauch und döst – ein träges Lächeln breitet sich über Rachels Gesicht aus.

Die Sonne steht jetzt hoch am Himmel, heiß und unerbittlich. Die meisten Strandbesucher haben sich in den Schatten der Strandhäuschen und Sonnenschirme zurückgezogen. Es herrscht eine Atmosphäre allgemeiner Apathie, die beinahe einer Lähmung gleicht.

Die Principessa und ihr Gefolge liegen unter der Markise ihres Strandhäuschens, lauschen den schwachen Klängen eines Plattenspielers und stochern lustlos in einem üppigen Mittagessen herum.

Sophie ist eine der wenigen Personen, die sich noch im Wasser aufhalten; sie geht durch knöcheltiefes Wasser, die Luft ist dunstig, die See schimmert wie in einem Traum. Ein unwirkliches Gefühl.

Sophie (mehr zu sich selbst)
...schwimm' nach Hause und mach, daß mein Wunsch in Erfüllung geht.

In ihrer hohlen Hand hält sie den Fischdarm, den Giselda ihr auf dem Markt gegeben hat; er ist mittlerweile ganz verschrumpelt, sieht fast aus wie ein kleiner Schrumpfkopf, aber als er mit dem Wasser in Berührung kommt, wird er wieder größer, fast durchsichtig.

Sophie schaut konzentriert hin und läßt den Darm dann in den flachen Wellen frei schwimmen. In diesem Augenblick wird sie mit Schlamm bespritzt; empört wirbelt sie herum.

Fuggiero und zwei andere Jungs stehen in einiger Entfernung, bewerfen sie mit Schlamm und verspotten sie.

Fuggiero und Freunde Wasserschlange! Deutsche Hexe mit Seetang im Kopf!

Sophie springt auf und bewirft sie ihrerseits mit Schlamm. Ihr Gegenangriff ist äußerst heftig; bald schon sind die Jungs über und über mit Schlamm bedeckt.

Sophie Ha! Feiglinge... Ich werde euch lebendig begraben.

Fuggiero Geh zurück, wo du herkommst. Wir wollen dich nicht an unserem Strand.

Es entwickelt sich ein Ringkampf zwischen Sophie und Fuggiero, in dessen Verlauf Fuggiero versehentlich Sophies Badeanzug zerreißt; er weicht zurück, Sophie zieht den zerrissenen Badeanzug aus.

Fuggiero hebt die Finger an den Mund und produziert einen schrillen Pfiff. Die anderen Jungs pfeifen ebenfalls.

Zurück auf der Decke der Fuhrmanns. Rachel sieht auf, schirmt ihre Augen mit einer Hand ab.

Rachel Bernhard...

Sophie sieht trotzig in Richtung...

...einer kleinen Menschengruppe, die sich um sie herum am Rande des Wassers versammelt hat. Die Leute starren Sophie an, schockiert von ihrer Nacktheit. Inzwischen ist auch Rosalia hinzugetreten.

Rosalia Das darfst du hier nicht tun.

Der Rettungsschwimmer kommt herüber.

2. Frau Sie ist Ausländerin.

Fuggiero Schmutzige, widerliche, nackte Ausländerin!

Rettungsschwimmer (zu Fuggiero) O.k. – o.k., das reicht jetzt.

Junge (zu Sophie) Wer hat dich überhaupt eingeladen?

Sophie erwidert die starrenden Blicke, behauptet ihre Position.

Der Mann mit dem Hut aus dem Gefolge der Principessa kommt schnell angelaufen.

Mann mit Hut (zum Rettungsschwimmer) Was tut sie hier?

Rettungsschwimmer Nur eine kleine Schlammschlacht, kein Grund zur Aufregung.

Mann mit Hut (zu Sophie) Dein Benehmen ist skandalös. Wo bist du aufgewachsen – etwa auf einem Bauernhof? Das hier ist ein öffentlicher Badestrand, zieh dich sofort an.

Er schnappt Fuggiero den zerrissenen Badeanzug aus der Hand und schleudert ihn Sophie hin.

Sophie Aber wie?

Fuggiero Versohlt ihr den Hintern.

Der Mann mit dem Hut geht einen Schritt auf Sophie zu; sie – mit dem Badeanzug in der Hand – weicht einen Schritt zurück. Der Rettungsschwimmer tritt zwischen die beiden.

Rettungsschwimmer He, he. Jetzt werden wir uns alle wieder beruhigen.

Rachel kommt angelaufen, ist erschüttert…

…über die Feindseligkeit, aber auch über die Lüsternheit, mit der die Leute (es sind mittlerweile mehr geworden)…

…Sophies nackten Körper ansehen.

Rachel hüllt Sophie in ein Handtuch, das sie mitgenommen hatte.

Inzwischen wendet sich Fuhrmann an den Rettungsschwimmer.

Fuhrmann (Off / On)
Was gibt's hier für ein Problem?

Bevor der Rettungsschwimmer antworten kann, ruft der Mann mit dem Hut:

Mann mit Hut Gehört sie zu Ihnen?

Fuhrmann Sie ist unsere Tochter.

Mann mit Hut Sie hätten ihr zunächst einmal etwas Anstand beibringen sollen, bevor Sie sie in einem zivilisierten Land frei herumlaufen lassen.

Ein anderer Mann Sie sind nicht allein hier!

Fuhrmann Natürlich nicht. Bitte lassen Sie uns die Angelegenheit nüchtern betrachten, es ist doch nur...

Principessa Holt die Carabinieri!

Fuhrmann wendet sich hilfesuchend zum Rettungsschwimmer um.

Der Rettungsschwimmer will gerade etwas sagen, aber Immaculata (etwa 45) zeigt aggressiv mit dem Finger auf Sophie:

Immaculata (laut)
Wir bringen unsere Söhne mit an diesen Strand! Was sollen die denken?

Immaculatas Sohn (13) liegt in der Nähe und betrachtet Rosalitas Beine und Po.

Fuhrmann (zu Immaculata)
Ich bin sicher, sie werden's überstehen.

Die Situation hätte beinahe komische Züge, wenn die Reaktion der Menge – die in der Zwischenzeit noch größer geworden ist – nicht so irrational und übertrieben und die Atmosphäre nicht so beängstigend wäre.

Mann mit Hut Der Exhibitionismus Ihres Kindes ist unverfroren genug – wir müssen uns nicht auch noch Ihre schnippischen Bemerkungen bieten lassen. Ein derartiger Mißbrauch italienischer Gastfreundschaft ist unverzeihlich.

Fuhrmann Meine Familie und ich sind Gäste der Angiolieris, nicht Italiens.

Mann mit Hut Dann baden Sie doch bei den Angiolieris.

Fuhrmann Da sind sie!

Einige der Umstehenden wenden den Blick.

...zwei Polizisten kommen durch den Sand auf die Gruppe zu.

Fuhrmann und Rachel tauschen einen Blick. Fuhrmann traut seinen Augen nicht, ist beinahe versucht, diese Kettenreaktion als Witz statt als ernsthaftes Problem anzusehen, beinahe...

Mann mit Hut Tatsächlich? Nun werden wir ja sehen!

Zwei Polizisten führen Fuhrmann zu einem Polizeiwagen (Transporter).

Polizist ...Es tut mir leid, aber wir können das nicht allein entscheiden.

Fuhrmann Dann bringen Sie mich eben zu Ihrem Vorgesetzten.

Er wirft einen Blick zurück über die Schulter.

Rachel und Sophie packen die Sachen zusammen, einige der Zuschauer sind ihnen mit Abstand gefolgt und rufen ihnen höhnische Bemerkungen zu, ein Mann spuckt aus. Rachel legt einen Arm um Sophie, und sie eilen fort.

| Innen | **Polizeiwache – Angiolieris Büro** | Tag |

Fuhrmann betritt einen unangemessen großen Raum, in dem Angiolieri hinter einem großen Schreibtisch sitzt; Fuhrmann ist wider Willen beeindruckt.

Fuhrmann Sehr schön.

Angiolieri (deutet auf einen Stuhl)
Bitte.

Fuhrmann nimmt Platz, lächelt Angiolieri an.

Angiolieri Dies alles ist höchst bedauerlich.

Fuhrmann So kann man es auch ausdrücken.

Angiolieri nickt verständnisvoll.

Angiolieri Wie auch immer wir über das Baden – au naturel – denken mögen ... in Italien ist es streng verboten. Durch ihre Freizügigkeit hat Ihre Tochter das ... Anstandsgefühl unserer achtbaren Bürger verletzt. Und – streng genommen – hat sie das Gesetz gebrochen.

Der Polizist vom Strand kommt mit einem Bogen Papier herein, reicht ihn Angiolieri; der Polizeichef hält das Papier hoch, lächelt entschuldigend.

Angiolieri »Ruhestörung, sittliche Verderbtheit.«

Fuhrmann Signore ... Prefetto Angiolieri –

Angiolieri hebt die Hände.

Angiolieri Ich weiß, ich weiß. Aber die Mühlen des Gesetzes sind in Gang gesetzt worden (deutet auf das Papier) – ich wollte, wir könnten die ganze Angelegenheit einfach vergessen, aber ich fürchte, mir sind die Hände gebunden.

Angiolieri reicht Fuhrmann das Papier und einen Füllhalter.

Angiolieri (entschuldigend)
Eine reine Formalität.

Fuhrmann schüttelt mit einem kurzen, ungläubigen Lachen den Kopf und seufzt.

Angiolieri nimmt das Papier wieder in Empfang und unterschreibt ebenfalls. Dann steht er auf, geht zu einem Aktenschrank, nimmt eine Flasche Cognac und zwei Gläser heraus, geht zurück zum Schreibtisch und setzt sich.

Angiolieri (gießt ein)
So ... nun müssen Sie mir gestatten, mit Ihnen auf Ihr Wohl und das Ihrer bezaubernden Familie zu trinken.

Er lächelt Fuhrmann an, hebt sein Glas. Nach kurzem Zögern hebt Fuhrmann ebenfalls sein Glas.

Angiolieri Und nun darf ich Sie bitten, Ihren kleinen Beitrag in dieser Angelegenheit zu entrichten. Sagen wir 50 Lire?

Er macht eine wegwerfende Handbewegung.

Angiolieri Der Preis für ein Paar Schuhe – hochwertige italienische Schuhe, versteht sich.

Fuhrmann Versteht sich.

Fuhrmann gibt ihm das Geld.

Fuhrmann Ich brauche keine Quittung.

Angiolieri (lacht)
Ich auch nicht!

| Außen | **Polizeiwache und Straße** | Tag |

Fuhrmann tritt aus der kleinen, unscheinbaren Polizeiwache auf den verlassenen Hof; er dreht sich um, liest die Schrift auf dem Schild über der Tür: »Commissariato«.

Angiolieri erscheint auf dem Balkon.

Angiolieri Professore! Denken Sie an das Feuerwerk heute abend.

Fuhrmann nickt und geht dann – gedankenversunken, aber eindeutig wütend – in Richtung auf das Portal, das zur Piazza führt.

| Außen | **40** Casa Eleonora | Nacht |

Eine Gruppe junger Mädchen und Jungen, alle adrett angezogen, singen ein Lied.

Die umherstehenden Zuschauer sind Angiolieri und Sofronia, Pastore, der Bürgermeister, der alte Kavallerieoffizier und seine Frau, die Bastianinis, der Eigentümer des Lancia und seine Frau, drei Polizeibeamte, Jonathan Heath, die Fuhrmanns und einige andere Männer in Uniform.

Die beiden Mädchen, die beim Frühstück bedienten, stellen Platten mit Essen auf einen Tisch.

Das Lied ist zu Ende, die Zuhörer applaudieren; Angiolieri ist entzückt.

Das jüngste Mädchen tritt vor.

Junges Mädchen Wir wünschen dem neuen Prefetto Gottes Segen und ein langes, glückliches Leben. Und wir hoffen, daß er Torre di Venere zu einer Stadt macht, in der kleine Kinder glücklich aufwachsen können.

Während das Mädchen spricht, huscht Silvestra – in ihren Bademantel gehüllt – die Stufen vom Meer zum Haus hoch, sie war gerade schwimmen.

Das junge Mädchen beendet ihre Ansprache, erneut amüsierter, gerührter Applaus, dann wendet sich Angiolieri seinen Polizeibeamten zu.

Angiolieri (spielt den Kapitän)
Gut, Männer, folgt mir! Es wird Zeit, den Feind auf die See zurückzuschlagen!

Einige der Gäste lachen, als Angiolieri und die Polizisten in gespieltem Marsch zur Seite fortgehen, wo bereits verschiedene Feuerwerkskörper bereitliegen. Die Bastianinis helfen Sofronia, einen Plattenspieler aufzustellen.

Weitere Menschen treten hinzu – man sieht Francesco und Maria.

Silvestra – in Abendgarderobe – kommt wieder aus dem Haus.

(40 A. Mario, der sich verspätet hat, kommt den Strand heruntergelaufen, der nach Casa Eleonora führt.)

Angiolieri ruft seinen Polizisten zu:

Angiolieri Nehmt eure Positionen ein!

Einige Gäste treten näher, als Angiolieri eine Zündschnur in Brand setzt – darunter Stephan und Sophie.

Die Zündschnur brennt ab...

Mit zischendem, pfeifendem Geräusch schießt eine Rakete in den Himmel, dann ein riesiger Blitz, Sekundenbruchteile später ein lauter Knall.

Sofronias Gesicht, schaurig im Schein der Feuerwerksrakete.

»OOOOhs« und »AAAAhs«, einige Gäste klatschen, andere lachen aufgeregt.

Angiolieri, zufrieden mit der Show; glücklich lächelt er Stephan und Sophie zu.

Angiolieri Seht! Die nächste ist rot.

Stephan Wie werden sie gefärbt?

Angiolieri Chemikalien.

Stephan schaut mit großen Augen.

Und tatsächlich taucht die nächste Rakete den Himmel in rotes Licht.

Aber die nächsten beiden Raketen sind Blindgänger.

Alter Kavallerieoffizier (zu seiner Frau)
Lächerlich! (lacht) Mit solchen Waffen hätten wir den Afrikafeldzug niemals gewonnen!

Fuhrmann blickt zur Seite, sieht Mario zu einer kleinen Gruppe laufen (darunter Jonathan Heath, natürlich, Francesco und Maria), die sich um Silvestra versammelt hat.

Francesco sieht...

...Pastore zusammen mit einem anderen Uniformierten lachen.

Francescos Miene verdunkelt sich.

Francesco (zu Mario)
Ich kann nicht glauben, daß er wirklich der neue Direktor ist.

Mario Hast du mit Signore Graziano gesprochen?

Francesco (schüttelt den Kopf)
Er ist gegangen, ohne sich zu verabschieden.

Fuhrmann und Rachel schlendern vorbei, Fuhrmann winkt kurz.

Silvestra lächelt zu Fuhrmann hinüber, tritt dann nonchalant zwischen Mario und die anderen jungen Männer und ergreift Marios Hand so, daß die anderen es nicht sehen können. Mario scheint überrascht, aber glücklich; er riskiert einen Seitenblick auf Silvestra, die jedoch mit beispielhafter Diskretion weiter zu den anderen spricht.

Fuhrmann wendet den Blick ab, ein kleines Lächeln umspielt seinen Mund. Rachel zieht Fuhrmann fort.

Rachel Bernhard ... laß uns packen und in die Schweiz fahren!

Fuhrmann Was?

Rachel Warum nicht? Wir könnten irgendwo in den Bergen absteigen, dort hätten wir Sonne und Schnee, saubere frische Luft und könnten Fondue und Raclette essen.

Fuhrmann Dem Turm der Venus den Rücken kehren?

Rachel bleibt stehen, sieht einer Rakete nach.

Rachel Dieser Mob...

Fuhrmann Rachel – wir würden es uns nie verzeihen, daß wir uns von einer Horde provinzieller Rabauken haben vertreiben lassen. Außerdem hat der Minister für Bildung und Kultur diesen Empfang für mich vorbereitet.

Rachel Kannst du das nicht absagen?

Fuhrmann (mit gespielter Entrüstung) Und einen internationalen Skandal riskieren?

Rachel findet das nicht lustig.

Rachel Ich habe Angst.

Fuhrmann Warum kommst du nicht mit? Wir bleiben einen Tag länger und sehen uns einige Museen an.

Rachel schüttelt den Kopf, blickt hinaus über die Bucht, wo die Bastianinis – scheinbar etwas unsicher – auf einem Vorsprung sitzen und der Show zusehen.

Fuhrmann legt seinen Arm um Rachel.

Fuhrmann He. Du brauchst keine Angst zu haben.

Er zieht sie an sich.

Rachels Gesicht wird von der nächsten Rakete erleuchtet...

...die pfeifend in den Himmel steigt und mit einem mächtigen Knall in Millionen feurige Punkte zerplatzt.

Alter Kavallerieoffizier Das ist schon besser. Schon eher wie im richtigen Krieg.

Er muß plötzlich nach Atem ringen.

| Außen | **Kleiner Küstenpfad mir Schrein am Wegesrand** | Tag |

Dunkler Himmel über dem Horizont, Wind kommt auf. Dramatische Atmosphäre, als Rachel den Pfad zum kleinen Schrein hinaufsteigt.

Rachel sieht in den kleinen Schrein, sieht die Münze, die sie dort hineingelegt hat. Plötzlich eine Stimme hinter ihr.

Cipolla (Off)
Waren Sie jemals während eines Sturms hier oben?

Erschreckt wirbelt Rachel herum, ist erstaunt, Cipolla hier oben anzutreffen.

Rachel Oh…

Cipolla (weiter)
Es ist wundervoll. Eine leidenschaftliche Umarmung von Wasser und Luft. Habe ich Sie erschreckt? Bitte verzeihen Sie. Ich komme oft hierher. Vielleicht möchten Sie lieber allein sein?

Rachel Ich bin nur überrascht, hier jemanden zu treffen.

Cipolla Ich verstehe. Man sagt, hier hätte der Torre di Venere einst gestanden.

Rachel Ja, ich weiß. Mein Mann zeigte mir diesen Platz bei unserem ersten Urlaub hier.

Cipolla Ah, der renommierte und gebildete Professor… Was hat er Ihnen über den Turm erzählt?

Rachel Nur, daß er früher hier stand.

Cipolla Nun, viel gibt es nicht zu erzählen. Er war nicht so beeindruckend wie der Kölner Dom, auch nicht so berühmt wie der Eiffelturm oder so rätselhaft – wie der schiefe Turm von Pisa; ein kleiner Turm, aber immerhin ein Monument. Venus gewidmet.

Kurze Pause.

Rachel Meine Kinder machen einen Ausflug mit dem Schiff. Ich dachte, ich könnte sie von hier oben sehen.

(46 A. Bild von dunkler See mit Schiff.)

Cipolla Oh, kein guter Tag für eine Seefahrt. Wie gefällt Ihnen der Urlaub?

Rachel sieht ihn an, ohne zu antworten, mit wehrlosem Gesichtsausdruck.

Cipolla nickt als Antwort auf ihr Schweigen.

Cipolla Hat der berühmte Professor Ihnen jemals etwas über Venus' Ehemann erzählt?

Rachel Nein.

Cipolla Interessiert es Sie?

Rachel (nach kurzer Pause)
Ja.

Cipolla Sein Name war Vulcanus. Er war der einzige Häßliche unter den makellos schönen Unsterblichen. Außerdem war er lahm. In seiner Werkstatt hatte er Zofen, die er eigenhändig aus Gold geschmiedet hatte. Vulcanus war der Gott des Feuers, vor allem in zerstörerischer Hinsicht – Vulkane und Feuersbrünste. Was nun seine Frau anbetrifft, die verehrte Göttin der Liebe – sie war eine Hure. Ist Ihr Wunsch in Erfüllung gegangen, Signora Fuhrmann?

Er betrachtet die Münze im Schrein. Rachel greift hinein, nimmt sie in ihre Hand.

Rachel Ich weiß es noch nicht.

Cipolla Bevor Wünsche in Erfüllung gehen, muß man lernen, klar zu sehen. Aber vielleicht wollen Sie gar nicht, daß sie in Erfüllung gehen.

Rachel Sehen Sie die Dinge klar?

Cipolla Ich könnte Ihnen Dinge zeigen, die Sie niemals für möglich gehalten haben.

Rachel Das muß eine besondere Gabe sein.

Cipolla Gabe? Ich würde es eher als Fluch bezeichnen.

Rachel Und warum?

Cipolla Weil die Herzen der Menschen alle im gleichen bemitleidenswerten Rhythmus schlagen.

Rachel versteht nicht, wartet, daß er fortfährt.

Cipolla (ungeduldig)
Wunderschöne Signora Fuhrmann – sonst kommen Sie mit Ihrem geliebten Mann hierher –, heute sind Sie allein.

Die Worte treffen Rachel wie eine Ohrfeige.

Cipolla sieht ihr fest in die Augen und beugt sich plötzlich zu ihr herüber. Eine merkwürdige Situation; man hat den Eindruck, als hätte Rachel nicht die Kraft zu widerstehen, wenn Cipolla sie nun an sich ziehen würde.

Rachel Ich muß gehen.

Aber sie rührt sich nicht von der Stelle.

Cipolla Natürlich.

Er legt seinen Arm um ihre Taille, führt sie zum Pfad – während er neben ihr geht, scheint seine Gehbehinderung überdeutlich.

Cipolla bleibt stehen, läßt Rachel allein weitergehen.

Sie schaut kurz zu ihm zurück, beschleunigt dann ihren Schritt, eilt um die nächste Biegung, ohne zurückzusehen; sie läuft den Pfad hinab, der nach Torre führt, wirft die Münzen in einen Graben.

| Innen | **52** **Tonnara** | Nacht |

Die Tonnara ist das Gebäude, in dem früher die alten Boote für den Thunfischfang untergebracht waren. Riesig und hoch. Verschiedene Fischereigeräte hängen an den Wänden und von der Decke herab. Auf einer Seite befindet sich eine Art Balkon. Der Fußboden ist mit verschiedenartigsten Stühlen vollgestellt – die Stühle in den ersten Reihen für die einflußreicheren Leute sind von deutlich besserer Qualität.

Den »Bühnenbereich« bildet ein großer, verschlissener Perserteppich vor drei großen hölzernen Rundbogentüren (geschlossen), der Bereich ist zu beiden Seiten durch zahllose große Kerzen eingefaßt; an einer der Türen ist ein Bündel farbiger Ballons befestigt, an der Seite stehen ein Tisch, auf dem verschiedene Requisiten liegen, und ein Stuhl.

Die Tonnara ist bereits relativ gut besetzt, als die Fuhrmanns, Mario, Silvestra und die Angiolieris ihre Plätze in einer der vorderen Reihen einnehmen. Andere Zuschauer nehmen ihre Plätze ein, einige haben eigene Stühle mitgebracht, die dort aufgestellt werden, wo Platz ist. Die Stimmung ist ausgelassen und festlich, Stephan und Sophie sehen sich um, nehmen jede Einzelheit begierig auf. Sie sehen Marcello, der hoch oben im Dachstuhl die beiden Scheinwerfer einrichtet.

Christiana kommt in einem mit Pailletten besetzten Ballettröckchen auf die Bühne; um ihre Taille sind zwei Pistolengurte geschlungen; sie vollführt eine Pirouette, zieht mit einer schnellen Bewegung die beiden Pistolen und zerschießt die Ballons – sie ist eine gute Schützin. Die meisten Zuschauer haben nun Platz genommen, es wird ruhiger im Zuschauerraum. Christiana zerschießt die letzten Ballons, legt die Pistolen auf den Tisch und macht eine knappe Verbeugung. Jubelrufe und Applaus.

In den Applaus hinein tritt Cipolla auf die Bühne; er trägt eine Tasche, die Ähnlichkeit mit einer Aktenmappe hat; er geht zum Tisch, nimmt eine Flasche Cognac und ein Glas sowie eine Schachtel Zigaretten heraus, dann tritt er vor, macht eine schnelle Armbewegung und hält einen großen Blumenstrauß in der Hand.

Cipolla (zu Christiana)
Für unsere Gäste!

Anerkennender Beifall, einige begeisterte Zurufe.

Cipolla reicht Christiana den Blumenstrauß – der an Größe zunimmt. Christiana tut überrascht, braucht nun beide Arme, um alle Blumen zu halten; dann fliegen Tauben aus dem Blumenstrauß empor.

Christiana beginnt, die Blumen in das Publikum zu werfen – die Zuschauer greifen danach.

Eine Blume landet auf Fuhrmanns Schoß, er gibt sie Rachel; sie sehen sich an, Fuhrmann nimmt ihre Hand.

Cipolla Sehr verehrte Damen und Herren – buona sera! Ich spüre, daß wir heute abend ein ganz besonderes Publikum haben. Sie sind unsere Inspiration; denn letzten Endes sind Sie es, die unsere Vorführung bestimmen, Sie sind Teil des Zaubers.

Er sieht nach oben in den Dachstuhl, gibt Marcello ein kleines Zeichen; Marcello zieht an einem Seil, löst einen Konfettiregen aus, der auf das Publikum herabfällt.

Überraschtes, glückliches Lachen.

Cipolla wendet sich an das Publikum, es wird still im Zuschauerraum.

Cipolla Zu Beginn der heutigen Abendvorstellung möchte ich Sie bitten, über den Begriff »Stärke« nachzudenken. Die Stärke des Fleisches und die Stärke des Geistes. Ich habe Christiana gebeten – die einen hervorragenden Geschmack besitzt – einige Zuschauer aus dem Publikum auszuwählen.

Christiana im Zuschauerraum, sie tut, als könne sie sich nicht entscheiden, die Menschen, an denen sie vorbeigeht, wirken unsicher; schließlich bleibt sie vor einem kräftigen jungen Mann stehen, möglicherweise ein Hafenarbeiter; sie streckt ihre Hand aus, zieht ihn vom Stuhl hoch, führt ihn zu Cipolla.

Cipolla Ah, ein starker junger Mann. Zweifellos der Stolz von Torre. Zeig dem Publikum deine Muskeln.

Er spannt seine Muskeln.

Cipolla Applaus!

Applaus.

Cipolla Nun sieh' mir in die Augen. Vergiß alles, achte nur auf meine Stimme. Vergiß deine Sorgen und Ängste.

Der Mann starrt Cipolla in die Augen.

Cipolla Vergiß, daß du immer stark sein mußt. Schließe deine Augen. Dein Körper wird schwer, deine Arme sind wie Blei, auch deine Beine, so schwer, daß du dich nicht bewegen kannst, so sehr du dich auch anstrengst.

Cipolla tritt zurück, sieht den Mann an, der aussieht, als sei er im Stehen eingeschlafen. Cipolla verwuschelt dem Mann das Haar – der Mann bewegt sich nicht. Gelächter. Cipolla zwickt ihm in die Nase, greift ihm in die Tasche, holt etwas Geld heraus, verzieht das Gesicht, als wolle er sagen »das lohnt sich nicht«, steckt das Geld zurück in die Tasche. Mehr und mehr Gelächter.

Stephan beugt sich zu seinem Vater.

Stephan Siehst du, Vater?

Fuhrmann sieht genau hin.

Cipolla Öffne deine Augen.

Der Mann öffnet die Augen, kann sich aber immer noch nicht bewegen.

Cipolla Welch eine Schande, diese schönen Muskeln – steif und unbeweglich.

Die Augen des Mannes zeigen leichte Anzeichen von Verzweiflung.

Cipolla nickt Christiana und Marcello zu.

Sie lehnen den Mann vorsichtig zurück, bis sein Nacken auf der Stuhllehne aufliegt; dann ergreift Marcello die Beine des Mannes und legt sie auf den Tisch.

Der Mann liegt nun steif wie ein Brett zwischen Tisch und Stuhl.

Cipolla geht zu ihm, drückt leicht auf seinen Bauch, als wolle er die Festigkeit prüfen; dann setzt sich der bucklige Zauberer auf den Mann, als wäre er eine Bank. Cipolla rutscht auf dem Mann herum, um eine bequeme

Sitzposition zu finden – die Szene wirkt grotesk.

Cipolla Der Stolz von Torre gibt eine gute Sitzgelegenheit ab (er sieht hinunter auf den Mann), bestimmt auch schön weich, wenn du erst einmal alt und dick geworden bist.

Cipolla breitet seine Arme aus. Begeisterter Applaus.

Cipolla klettert umständlich von dem Mann herunter.

Cipolla Mit meiner Gesundheit steht es nicht zum besten. Vielleicht haben Sie bemerkt, daß ich eine kleine Behinderung habe. Sie hinderte mich daran, im letzten Krieg für mein glorreiches Vaterland zu kämpfen. Ich muß das Leben mit geistiger und spiritueller Kraft meistern. (Dann, als hätte er den Mann vergessen) Oh, entschuldigen Sie, mein Herr, erwache!

Der Körper des Mannes biegt sich plötzlich in der Mitte durch, und er fällt zu Boden. Gelächter und Zurufe, während Marcello und Christiana ihm auf die Beine helfen.

Cipolla schüttelt dem Mann die Hand, zieht ihm dann eine Blume aus dem Ärmel.

Cipolla Für deine Freundin.

Leicht benommen geht der Mann zurück zu seinem Platz; Applaus.

Cipolla Grazie, grazie. Für mein nächstes Experiment brauche ich einige persönliche Gegenstände aus Ihrem Besitz. Selbstverständlich erhalten Sie sie später zurück.

Mit einer kleinen Schachtel in der Hand geht Marcello durch das Publikum und sammelt Gegenstände der Zuschauer ein.

Cipolla wendet sich ab, geht hinüber zum Tisch, gießt sich ein Glas Cognac ein und zündet sich eine Zigarette an.

Marcello geht an Angiolieri vorbei, der am Gang sitzt; Marcello stolpert und fällt auf die Knie, man sieht Angiolieris bestrumpfte Füße; die Umsitzenden Zuschauer lachen, Angiolieri hilft Marcello, der schnell aufsteht und zum Tisch zurückgeht.

Cipolla drückt die Zigarette aus, nimmt die Schachtel.

Cipolla Lassen Sie uns nachsehen, was Marcello gefunden hat.

Cipolla nimmt ein Taschentuch heraus, überlegt kurz und legt es auf den Tisch; er nimmt eine verwelkte Blume heraus, überlegt kurz und legt sie zur Seite; das gleiche mit einem Knopf und einer Münze. Dann holt er einen Schuh aus der Schachtel, er schaut überrascht.

Gelächter.

Cipolla Das ist wirklich seltsam. Ich bin in ganz Italien aufgetreten, aber nur in Torre die Venere kann jemand auf die Idee kommen, mir einen Schuh anzubieten.

Im Zuschauerraum, Angiolieri schaut plötzlich zu Boden.

Cipolla (weiter)
Nun, wie dem auch sei. Ich mag originelle Einfälle … (er riecht am Schuh, verzieht das Gesicht, Gelächter). Er verrät mir etwas über das Wesen des Besitzers (er klopft auf die Sohle).

Mehr Gelächter, als Cipolla die Augen schließt.

Cipolla (weiter)
Es ist ein Mann (Gelächter), ein Mann mit vielen Geheimnissen. Viele fürchten ihn, wenige lieben ihn. Ah, er ist ein großer Kunstliebhaber. Tatsächlich, wenn ich genau hinhöre, kann ich wirklich Musik aus diesem Schuh vernehmen. Und einige der hier Anwesenden hören sie ebenfalls. Vor allem eine Person, die ein besseres Ohr für Musik hat als jeder andere von uns.

Er starrt Sofronia an, die mit geschlossenen Augen neben Angiolieri sitzt, ein kleines Lächeln umspielt ihr Gesicht.

Cipolla Kämpfen Sie nicht dagegen an, folgen Sie der Musik …

Sofronia erhebt sich langsam, ihre Tasche rutscht zu Boden, einen Moment lang scheint Angiolieri zu verblüfft, um zu reagieren; wie in Trance tritt Sofronia hinaus in den Gang.

Rachel und Fuhrmann wechseln einen Blick – sie können es nicht glauben.

Cipolla Singe, singe!

Er gibt mit harten Schlägen den Takt vor, und Sofronia beginnt zu singen; Gelächter.

Angiolieri springt von seinem Stuhl auf und geht hinüber zu seiner Frau.

Angiolieri Sofronia!

Sofronia hört auf zu singen, sieht etwas desorientiert aus, wendet sich zu ihrem Ehemann; er legt den Arm um sie, wirft Cipolla einen wütenden Blick zu, in dem gleichzeitig etwas unendlich Wehrloses liegt. Cipolla hält seinen Schuh hoch.

Cipolla Signore – paßt der Ihnen?

Ein Zuschauer, der am Gang sitzt, sieht hinab auf Angiolieris Füße, bricht in lautes Lachen aus, zeigt...

...Angiolieri trägt nur einen Schuh.

Weitere Zuschauer sehen es, einige stehen auf, um einen besseren Blick zu bekommen, das Gelächter schwillt mehr und mehr an. Auch Fuhrmann kann ein kleines Lächeln nicht unterdrücken.

Den Arm um Sofronia gelegt, geht Angiolieri schnell zu seinem Platz zurück, versucht Haltung zu bewahren.

Cipolla läßt den Eindruck nicht zu lang wirken; er geht zum Tisch mit den Requisiten, nimmt eine nicht entzündete Fackel, schmiegt sich an sie.

Cipolla Feuer ist ein Geschenk der Götter. Und heute abend geben wir es Ihnen...

Er hält die Fackel mit ausgestrecktem Arm, bewegt die freie Hand darüber, die Fackel beginnt zu brennen, er reicht sie Marcello.

Laute Jubelrufe, Gejohle, Applaus, während Marcello die Fackel herumwirbelt.

Cipolla geht zum Tisch, trinkt einen Schluck Cognac, er wirkt ausgelaugt; er zündet eine Zigarette an und inhaliert gierig.

Marcello nimmt die Fackel, bläst eine Flamme hinaus über das Publikum. Die Zuschauer in den ersten Reihen weichen instinktiv zurück.

Die leere Gasse, laut schlagen die Wellen gegen die Hafenmauer im Hintergrund, der Sturm treibt kleine Gegenstände über das Pflaster.
Eine Gestalt kommt um die Ecke; den Kopf gesenkt, gegen den Wind gelehnt, kommt sie auf die Kamera zu – es ist Francesco, mit wildem Blick marschiert er zur Tonnara.

Er versucht, eine der Türen zu öffnen; sie klemmt; brutal rüttelt er am Holz, der Türflügel öffnet sich.

(54.–56. ausgelassen)

| Innen | **57** **Tonnara** | Nacht |

Marcello beendet seinen »Fackeltanz« – er wirft die Fackel hoch in die Luft, fängt sie auf, verbeugt sich.

Stürmischer Applaus.

Cipolla schwenkt seinen Arm in rascher Bewegung, die Fackel erlischt abrupt.

Der Lärm im Zuschauerraum legt sich etwas.

Cipolla Aber wenn das Feuer erlischt?

Cipolla schaut hinaus in den Zuschauerraum – jeder scheint an seinen Lippen zu hängen.

Cipolla Oh ja – davon verstehe ich etwas.

Plötzlich ruft Francesco aus dem hinteren Teil der Tonnara etwas auf die Bühne.

Francesco Wenn du so viel von allem verstehst, dann verrate uns doch, wer Signore Graziano getötet hat.

Verblüffte, totale Stille – nur das Geräusch des Windes von draußen, das nun deutlich hörbar ist.

Eindrücke von den Menschen im Zuschauerraum – einige starren Francesco feindselig an, andere blicken betreten zu Boden, dann erhebt sich ein leises, unverständliches Gemurmel. Maria beobachtet Francesco, ihr Blick ist von Schmerz und Sorge gezeichnet.

Rachel scheint die Luft anzuhalten; Fuhrmann beobachtet die Szene gespannt.

Auch Cipolla ist durch dieses unerwartete Ereignis aus dem Konzept geraten.

Francesco starrt für einen Augenblick lang ins Publikum und stürmt dann plötzlich aus der Tonnara. Maria beobachtet ihn verzweifelt, rührt sich aber nicht.

Lautes Gemurmel, Verwirrung, Wut, etwas tut sich in der Menge.

Cipolla versucht, sein Konzept wiederzufinden.

Cipolla Nein – heute abend wollen wir nicht über den Tod sprechen, wir wollen uns über die Liebe unterhalten.

Niemand scheint ihm zuzuhören.

Christiana und Marcello tauschen einen besorgten Blick.

Cipolla (lauter)
Ich weiß, was Sie denken: Was weiß schon dieser Krüppel Cipolla über die Liebe. Falsch, ganz falsch, denn er versteht viel davon. Er kennt Kräfte, die stärker sind als Vernunft und Tugend, stärker als Angst – ja sogar stärker als der Tod.

Der Lärm hat sich etwas gelegt, die Zuschauer hören nun Cipolla zu.

Cipolla (im Befehlston)
Für das nächste Experiment brauche ich einen Assistenten.

Sein Blick schweift über das Publikum.

Eindrücke von den Zuschauern – Francescos Auftritt hat deutliche Spuren hinterlassen; die Zuschauer fühlen sich unbehaglich, sind nervös, scheinen jetzt aber darauf zu warten, daß Cipolla wieder für gute Stimmung sorgt; trotzdem meldet sich niemand freiwillig.

Cipolla sieht zu der Sitzreihe, in der Fuhrmann und die anderen Platz genommen haben, sein Blick scheint einen Moment bei Rachel zu verharren, bei Fuhrmann, schweift dann weiter über die anderen und findet schließlich Mario. Cipolla lächelt freundlich, breitet seine Arme aus.

Cipolla Mario...

Mario ist darauf nicht vorbereitet, einige Zuschauer drehen sich um und sehen ihn an; Mario schaut in die Runde, sieht zu Cipolla hinüber, steht langsam auf.

Vereinzelte Anfeuerungsrufe »He Mario« aus dem Publikum.

Cipolla (mehr zu sich selbst)
Grazie...

Mario kommt hinauf zu Cipolla, Cipolla lächelt freundlich.

Cipolla Nun Mario – ich erkläre dir, was du machen sollst: schließe die Augen (Mario schließt die Augen). Vergiß alles um dich herum und konzentriere dich auf ein einziges Objekt, das hier heute abend im Raum ist – konzentriere deine Gedanke ganz auf ein Objekt.

Auch Cipolla scheint die Augen zu schließen – dann, nach einem Augenblick, voll konzentriert und sich der Anwesenheit des Publikums scheinbar nicht bewußt, schreitet Cipolla in den Zuschauerraum. Er bewegt sich wie in Trance, den vorderen Gang entlang, um das Objekt, auf das Mario sich konzentriert, ausfindig zu machen. Die Zuschauer beobachten ihn, wie er vorbeihumpelt.

Mario auf der Bühne, Augen geschlossen, konzentriert.

Einen kurzen Augenblick scheint Cipolla unentschlossen, dann wendet er sich plötzlich um und steht vor Silvestra. Er sieht sie an,

reicht ihr freundlich, aber bestimmt die Hand.

Rachel und Fuhrmann starren Cipolla und Silvestra an; aus unterschiedlichen Gründen würden sie sie gern zurückhalten, aber sie schauen nur zu, als...

...Silvestra eine Sekunde zögert, dann Cipollas Hand ergreift und sich von ihm auf den Teppich führen läßt.

Erwartungsvolles Gemurmel aus dem Publikum.

Cipolla stellt Silvestra vor Mario.

Cipolla Öffne deine Augen, Mario...

Mario öffnet seine Augen, sieht Silvestra.

Cipolla Hmmmm?

Mario scheint überrascht, verlegen. Silvestra lächelt ein wenig unsicher.

Einige zweifelnde Bemerkungen aus dem Publikum (»Wer wäre mit ihr nicht glücklich«, »Das war nicht schwer zu raten« usw.), aber Cipolla zeigt keine Reaktion auf die Zwischenrufe.

Cipolla Zwei so wundervolle Geschöpfe, wie junge Götter. Mario und...

Silvestra Silvestra.

Cipolla ...Silvestra. Du stehst hier, und du dort...

Cipolla stellt beide so in Position, daß sie einander mit zugewandtem Gesicht im Abstand von einem Meter gegenüberstehen. Cipolla lächelt, wendet sich dann ans Publikum, er hat die Fäden wieder in der Hand.

Cipolla Ich möchte um absolute Ruhe bitten, denn mein nächstes Experiment verlangt höchste Konzentration. Die kleinste Ablenkung könnte die zarte Verbindung zwischen uns stören.

Er blickt einen Augenblick fest ins Publikum, wendet sich dann zu Mario und Silvestra um. Er spricht langsam, eindringlich, ruhig, er sieht Mario an, dann Silvestra.

Cipolla Hört gut zu, Mario und Silvestra. Einige Minuten lang werdet ihr nur meine Stimme hören, werdet nur meinen Anweisungen folgen...

Eindrücke von den Zuschauern, die das Geschehen konzentriert verfolgen und versuchen, Cipollas Worte, die leise an Mario und Silvestra gerichtet sind, zu verstehen.

Cipolla (zu Mario)
...du wirst mir gehorchen, weil du es willst, (zu Silvestra) weil ich euch an einen Ort führen werde, nach dem ihr euch schon lange sehnt.

Mario und Silvestra stehen bewegungslos auf der Bühne. Ein lautes, nervöses Lachen aus dem Publikum.

Cipolla führt seine Hand dicht an Marios Gesicht, winkt: Marios Gesicht nähert sich Silvestras. Cipolla unterbricht die Annäherung auf halber Strecke, macht das gleiche mit Silvestra.

Rachel und Fuhrmann sehen gespannt zu.

Silvestras Kopf bewegt sich auf Marios zu, Cipolla unterbricht die Annäherung.

Cipolla Ihr werdet mir gehorchen, weil meine Befehle und eure Wünsche identisch sind. Und nun, wenn ich es sage, werdet ihr euch küssen, (zu Silvestra) wie ihr es euch seit langem wünscht…

Marios und Silvestras Gesichter nähern sich an, sind nur noch wenige Zentimeter auseinander, Silvestra öffnet die Lippen; Cipolla spricht derweil fortwährend mit dunkler, eindringlicher Stimme.

Die Zuschauer sehen gespannt auf die Bühne.

Cipolla (zu Mario)
…wie ihr es euch seit langem gewünscht habt, nur ihr wart zu schüchtern. (fast flüsternd) Küßt euch, küßt euch.

Mario öffnet die Lippen.

Plötzlich wird sich Silvestra der Anwesenheit des Publikums bewußt – die Art, wie die Zuschauer das Geschehen auf der Bühne beobachten, hat etwas Voyeuristisches. Sie sieht Mario an, schüttelt den Kopf.

Silvestra (kaum hörbar)
Nein…

Silvestra wendet sich unsicher ab, will die Bühne verlassen. Cipolla deutet plötzlich mit dem Finger auf sie, ruft:

Cipolla Silvestra – Stop!

Sie hält inne. Steht still, wie erstarrt, schaut um sich – fast hilfesuchend –

…in die Richtung, in der Fuhrmann und die anderen sitzen; die Kinder sind nach wie vor fasziniert, nicht nervös, aber Fuhrmann und Rachel – die Augen auf das Geschehen geheftet – fühlen sich langsam sehr unbehaglich.

Mario, der immer noch bewegungslos an der gleichen Stelle steht, sieht mit Entsetzen im Blick, wie…

Cipolla schnell zu Silvestra humpelt.

Cipolla Nicht so schnell, schöne Silvestra, du möchtest doch nicht mitten im größten Spaß aufhören? Oder sollte ich besser sagen, daß der Spaß erst richtig anfängt?

Die Zuschauer sind absolut still. Cipolla spürt die Einzigartigkeit des Augenblicks, spürt, daß dies die größte Vorstellung seines Lebens werden könnte. Er tritt dicht an sie heran, senkt seine Stimme ein wenig.

Cipolla Vergiß die anderen, nur einer zählt in diesem Augenblick, er, der dich begehrt, der alles für dich täte. Mario, den es schmerzt, wenn du nicht in der Nähe bist, den deine Schönheit überwältigt, der dich aufrichtig und ehrlich liebt, nicht wie die anderen, dessen Liebe unwiderstehlich ist, den auch du lieben mußt. Wir haben es nicht ausgesprochen, doch weißt du genau, daß ich mein Herz bereits vor langer Zeit dir gab...

Silvestra wendet sich Cipolla zu, hat das Publikum scheinbar vergessen.

Cipolla ...und es ist an der Zeit, daß du mich erkennst, Silvestra, meine Liebe. Sag mir, wer ich bin.

Silvestra (fast flüsternd)
Mario?

Cipolla Ja. Küß mich, Silvestra, vertraue mir. Ich werde dich ewig lieben. Ich brauche dich. Küß mich.

Silvestra scheint zu zögern, nimmt dann plötzlich seinen Kopf in die Hände und küßt ihn auf den Mund.

Mario kann seinen Augen nicht trauen, krümmt sich vor Schmerz, stößt tief aus der Brust einen verzerrten Laut aus.

Viele der Zuschauer beginnen zu lachen, einige klatschen.

Der Lärm scheint den Bann zu brechen: Silvestra weicht langsam von Cipolla zurück; zunächst scheint sie ein wenig desorientiert, dann zunehmend geekelt, abgestoßen.

Mario sieht Cipolla an.

Mario Warum…?

Cipolla breitet die Arme aus, um Nachsicht bittend? entschuldigend?

Silvestra bleibt abrupt neben dem kleinen Tisch stehen, nimmt die Pistole, richtet sie auf Cipolla.

Rachel ergreift instinktiv den Arm ihres Mannes.

Rachel Mein Gott…

Silvestra Monster!

Sie schießt wild um sich, verfehlt Cipolla. Marcello greift nach ihrem Arm, wieder löst sich ein Schuß…

…und trifft einen Scheinwerfer unter dem Zeltdach…

…die Glassplitter rieseln auf den Bereich im Zuschauerraum nieder, wo die Fuhrmanns sitzen. Rachel und Fuhrmann mit überraschtem, beinahe entsetztem Gesichtsausdruck.

Wieder löst sich ein Schuß, als Marcello Silvestra schließlich die Pistole aus der Hand winden kann.

Mit völlig fassungslosem Gesicht tritt Mario einen Schritt zurück, fällt auf den einzigen Stuhl auf der Bühne.

Wie aus einem Traum erwachend, sieht Silvestra Mario fragend an.

Unvermittelt erhebt sich tosender, begeisterter Beifall, die Zuschauer brechen in übermütiges Gelächter aus.

Cipollas Ausdruck ist schockiert und gleichsam triumphierend, als er den Blick von Silvestra abwendet und über die Menge schweifen läßt. Er lächelt, will sich verbeugen, sieht dann aber plötzlich zu Mario hinüber.

Sophie applaudiert gemeinsam mit den anderen Zuschauern, Stephan blickt unsicher zu Rachel und Fuhrmann, die immer noch herauszufinden versuchen, was eigentlich vorgeht.

Stephan Mutti…?

Mario erhebt sich, es scheint, als wolle er etwas sagen, Blut rinnt aus seinem Mund, er fällt zu Boden. Christiana geht zu ihm, kniet nieder.

Marcello läßt Silvestra los; sie begreift nun, was vorgefallen ist, legt eine Hand auf den Mund.

Mario liegt am Boden, versucht den Kopf zu heben.

Subjektive Mario: fragmentarische Eindrücke – Chaos im Raum, unter den lachenden Gesichtern auch betroffene Mienen, vereinzelte konfuse Rufe, Silvestra, erstarrt, erschreckt; Cipollas Gesicht kommt kurz ins Bild; der Arzt, schwarze Tasche in der Hand, läuft auf ihn zu.

Auf der Bühne kniet der Arzt neben Mario, der auf dem Rücken ausgestreckt liegt, Augen geschlossen. Neben ihm der Arztkoffer, einige Instrumente über den Boden verstreut.

Der Arzt nimmt sein Stethoskop ab, beugt sich über Mario, beginnt mit einer Herzmassage.

Arzt Nun komm schon, komm, komm…

Aber Marios Augen bleiben geschlossen.

Die Fuhrmänner sind wir

Norbert Beilharz im Gespräch mit Klaus Maria Brandauer

Norbert Beilharz: Herr Brandauer, warum haben Sie Thomas Manns »Mario und der Zauberer« verfilmen wollen und dafür mehrere Jahre gekämpft und sich jetzt durchgesetzt? Was war der Grund?

Klaus Maria Brandauer: Die Idee stammt nicht von mir, sie kommt von meinem Produzenten Jürgen Haase. Er hat mir eines Tages gesagt, daß er gerne einen Film machen würde, MARIO UND DER ZAUBERER nach der Novelle von Thomas Mann, und ob ich Lust hätte, mit dabeizusein.
Und da habe ich die Novelle noch einmal gelesen. Wie alle gebildeten Leute, die behaupten, sie kennen »Mario und der Zauberer«, das hätten sie bereits zum Abitur lesen müssen, erinnert man sich nicht so sehr daran, was eigentlich der Inhalt der Geschichte ist. Also, ich habe das nochmals gelesen. Es war in Hamburg, im Hotel Atlantic, und ich habe die Geschichte laut vorgelesen. Es hat genau eine Stunde und 15 Minuten gedauert. Ich war völlig unvorbereitet, und trotzdem habe ich das Gefühl gehabt, ich hätte einen Vortragsabend gestaltet.
Das lag weniger an mir, das lag an der Dichte der Novelle, an der Art und Weise, wie diese Geschichte beschrieben wird durch Thomas Mann. Vor allen Dingen durch die Erzählung eines Menschen, der das Ganze beobachtet, und durch die Verbindungen, die der Erzählende zu all diesen handelnden Personen hat. Auf den ersten Anhieb ist es keine dramatische Vorlage, für ein Stück oder einen Film. Aber der Inhalt ist so brisant, daß ich gedacht habe, da möchte ich gerne dabeisein.
Doch warum ist der Inhalt so brisant?
Ich habe sehr viele Filme gemacht – als Schauspieler, einen auch als Regisseur – über unsere, sagen wir, mitteleuropäische Vergangenheit, was in unseren Ländern passiert ist. Ich glaube, daß man nur sehr schwer die Gegenwart meistern kann und auch keine Aus-

blicke auf die Zukunft hat, wenn man sich nicht mit dem »Vorvorderen« beschäftigt.

Nur, diese Filme, die ich bisher gemacht hatte, handelten immer von einer Zeit, die die Menschen zunächst einmal als Sujet für einen Kinoabend nicht gerne haben. Es ist nicht nur Unterhaltung, sondern es ist eine schmerzhafte Auseinandersetzung mit dem, was in unseren Ländern, in Mitteleuropa, in den letzten Jahrzehnten passiert ist. Das ist zu-

nächst einmal keine einfache Miete, um Publikum ins Kino zu kriegen.

Dieser Stoff hier, »Mario und der Zauberer«, war für mich eine willkommene Möglichkeit, eine Zeit zu beschreiben – ohne zunächst einmal das Äußere in einem Land, wie, sagen wir, Hitler-Zeit oder Mussolini-Zeit oder SS oder Konzentrationslager – in der das alles stattgefunden hat, ohne, daß man diese Dinge sieht. Denn, der Beginn eines totalitären Systems entsteht ja nicht von heut auf morgen.

Dann erinnerte ich mich, als ich es gelesen hatte, an eine Geschichte von Hendrik Ibsen. Auf die Frage, ob der Engstrand – das ist ein Hausverwalter auf dem Gut von Frau Alving, der das Gesindehaus und die Stallungen angezündet hat, und eines Tages ist da ein großer Brand – das Feuer gelegt haben könnte, antwortete der Schriftsteller, der die Geschichte erfunden hat: »Zuzutrauen wär's ihm.«

So ist es auch bei Thomas Manns »Mario und der Zauberer«. Als man ihn fragte: Hat denn dieser Magier Cipolla, dieser zweit-, dritt-, viertklassige Schausteller und Zauberer, hat er irgendwelche Züge eines Potentaten? Und da wir ja im Jahre 1926 sind, wäre naheliegend gewesen, zu fragen, ist das der Mussolini, weil die Geschichte in Italien spielt, oder ist es gar ein aufkommender Österreicher in deutschen Landen? Und er, ich glaube, er hat nicht einmal gesagt: »Zuzutrauen wär's mir«, sondern er hat gesagt: »Ein interessanter Aspekt.«

Norbert Beilharz: Glauben Sie, daß Thomas Mann tatsächlich in seinem schriftstellerischen Bewußtsein ein Prophet war, als er das schrieb? Oder sind wir das alle mehr oder weniger, wenn wir unsere Augen und unsere Nerven öffnen? Ist hier der Beginn einer Weltzerstörung beschrieben worden, indem Thomas Mann Menschen zeigt, die allzu willig dem Zauber eines Magiers, eines Diktators, eines Scharlatans verfallen?

Klaus Maria Brandauer: Ich hätte zunächst einmal große Schwierigkeiten, um an das letzte anzuknüpfen, Schuldige zu finden.

Natürlich gibt es Magier – wir wissen, daß es Menschen gibt, die über mehr oder weniger starke manipulative Kräfte verfügen. Wir wissen, daß es Volksverführer und Volksverhetzer gibt. Das ist gar keine Frage. Nur, dabei möchte ich nicht stehenbleiben. Mich hat schon in den Filmen, zum Beispiel in meiner ersten Filmregie bei GEORG ELSER – EINER AUS DEUTSCHLAND (1989), die Figur Hitler überhaupt nicht interessiert. Ich will nicht behaupten, ich könnte verstehen, daß ein Mensch, der fast erblindet wäre im Ersten Weltkrieg, versucht zu sagen: »Das passiert mir jetzt nicht mehr, ich möchte das größte Stück des Kuchens, des Lebens, versuchen zu erhaschen.« Das hat dieser Hitler versucht, und er hat es tatsächlich, zwölf Jahre lang, geschafft. Er war sozusagen der Herr über Leben und Tod in Europa, also einem großen Teil der Welt. Ich sage nicht, daß ich das gutheiße, aber ich kann so einen Wunsch verstehen. Zumal dann, wenn ich auch Richard III. verstehe, oder Hamlet verstehe, gerad keine einfachen Leute und netten Burschen, sondern eigentlich vielfache Mörder, beide, auch der Hamlet. Das ist eben immer das Schöne, daß man bei Hamlet sagt, das ist ein großer Held und ein wunderbarer Denker – wie viele Menschen der auf dem Gewissen hat, darüber redet ja kein Mensch.

Mich interessieren nicht die Potentaten und die Verführer, mich interessieren die Menschen, die sich verführen lassen.

So ist es auch bei MARIO UND DER ZAUBERER. Das Hauptaugenmerk – und da weiß ich mich mit meinen Freunden, die am Film mitgearbeitet haben, einer Meinung –, das Hauptaugenmerk liegt bei den Menschen, die verführt werden sollen. Und eine Verführung findet nur statt, wenn man dafür allzu offen ist. Und da würde ich sagen, wir sind alle offen. Weil die dunklen Seiten, über die die einen etwas mehr, die anderen etwas weniger oder gar nicht sprechen, in dem jeweiligen Charakter vorhanden sind.

Wir sind ja alle mehr oder weniger Brüder und Schwestern von allen Menschen, die je gelebt haben, die jetzt leben und leben werden, und zwar mit allen Schattierungen. Sozusagen wären wir auch irgendwie verwandt mit Kaiser Nero und natürlich auch mit Florence Nightingale, mit der Mutter Teresa wie mit Stalin.

Uns ist nichts so fremd, und wenn wir ehrlich genug sind, dann wissen wir, daß wir uns selber auf den Leim gehen können, und da kehren wir nochmal zurück zu Ibsen, aber auch zu Thomas Mann im Sinne von einer Lebenslüge: »Manchmal kann man das Leben nur ertragen, wenn man sich selber anlügt.«

Norbert Beilharz: Hat denn Thomas Mann Widerstand geleistet, indem er etwas beschrieben hat, was verführerisch und damit zerstörerisch ist?

Klaus Maria Brandauer: Ich kannte natürlich seine Sachen, die er geschrieben hat. Ihn persönlich habe ich nicht so gut gekannt. Was ich über ihn nicht wußte, habe ich aus seinen Tagebüchern erfahren. Ein Mensch, der sich unglaublich reglementiert hat, der einen fixen Zeitplan hatte – täglich, der geradezu in einer Arbeitsmanie geschrieben hat. Und irgendwie im Zusammenhang mit seinen Kindern, Klaus und Erika, ist mir aufgefallen, daß er der Vater von den beiden ist, die auf eine ganz andere Weise das Leben gelebt und ausgelebt haben, als er das tat.

Denn er war eher asketisch unterwegs, und ich würde ihn gerne fragen wollen, wenn das noch möglich wäre: »Am Ende Ihres Lebens, sagen Sie mal, war das richtig so, sich zu reglementieren, oder hätten Sie nicht lieber auch ein bißchen mehr ihr Leben ausgelebt, nämlich so ausgelebt, wie Sie Ihre Figuren in Ihren Romanen beschreiben?«

Das ist die Frage. Das ist auch die Frage bei Mozart. Ich meine, war es so angenehm, daß man mit fünf Jahren ununterbrochen, jeden Tag acht Stunden Klavier spielen muß, weil der Vater es einem abverlangt? Ist das Leben nicht an ihm vorbeigegangen oder zumindest die Jugend?

Thomas Mann gibt da Antworten, und wenn es nur die Antworten wären in seiner Arbeit, in seiner schriftstellerischen Arbeit, dann reicht das schon. Aber ein Schriftsteller, vor allen Dingen einer, der Erfolg hat, bleibt nicht nur Schriftsteller und Seismograph seiner Zeit. Das ist nicht losgelöst von der Zeit, sondern er ist natürlich auch aufgefordert, Statements zur Zeit zu liefern. Ja, ich verlange geradezu von einem Menschen, der seismographisch die Strömung der Zeit durchschaut, daß er in der Folge dieses Durchschauens etwas zur Zeit sagt.

Im Fall von Thomas Mann meine ich, ein Mensch, der sekündlich aufgepaßt hat: Was ist um mich herum los, wie geht es mir, wie geht es der Familie, wie geht es den Menschen um mich herum, der muß auch sagen, wenn ihm etwas nicht gefällt. Und ihm hat sicherlich vieles nicht gefallen, wie wir herauslesen können. Der muß auch sagen, was muß man ändern, wie muß man es ändern!

Und da weiß ich natürlich nicht genau, ob man seine Stimme – das hat der Thomas Mann dann auch getan – nicht sehr früh erheben muß. Wir haben das Dilemma der Intellektuellen auf der ganzen Welt, aber natürlich in unseren Breitengraden, besonders in Mitteleuropa, in Deutschland, in Österreich, daß wir zu allen Zeiten, in denen es brenzlig war, uns nicht rechtzeitig zu Wort gemeldet haben.

Norbert Beilharz: Herr Brandauer, kann einem Künstler denn die Aufgabe überhaupt zufallen, mehr als ein genauer Analytiker seiner Zeit zu sein, der es im höchsten Fall – bei großer Begabung – auch schafft, das in ein Drama oder in eine Erzählung umzugießen? Ist es seine Aufgabe, oder sollte er mehr diejenigen aufmerksam machen, in deren Naturell und in deren Aufgabe das Handeln liegt?

Klaus Maria Brandauer: Also, ich würde das nicht auf den Künstler beschränken, ich würde das überhaupt auf keinen Beruf beschränken. Ich fordere, und bin nicht sicher, ob ich selber meiner Forderung Genüge getan habe oder entsprechend handele. Ich fordere eigentlich jeden Menschen auf, wirklich aufmerksam in seiner Zeit zu leben, und wenn ihm irgend etwas nicht paßt, seine Stimme zu erheben. Das ist unabhängig davon, welchen Beruf man ausübt. Denn der Beruf ist ja sehr oft angetan, daß man sich dahinter versteckt. Man ist Sportler, man hat die Goldmedaillen gewonnen, aber für wen? Na ja, für mich. Oder für Deutschland, oder für Österreich? Also das ist eine Frage der eigenen Haltung. Wir können entschuldigende Gründe finden, wir können Desinteresse akzeptieren am Umstand des Gemeinwesens.

Menschen, die in einer Gemeinschaft leben – das tun wir alle – haben sich für diese Gesellschaft zu interessieren! Und warum? Weil sie es sowieso nicht anders können. Ich habe schon viele Leute kennengelernt, die sagen: »Politik interessiert mich nicht.« Und sie denken, das sei ein unpolitisches Statement. Aber es ist ein sehr politisches Statement, nur ein sehr blödes.

Man muß sich interessieren, nicht? Und das sich Interessieren hängt nicht damit zusammen, daß man sagt, im Rathauspark sollten eigentlich grüne Bänke stehen und nicht rote, wie die Stadtverordneten also beschlossen haben. Wenn es damit seine Bewandtnis hat, daß man's merkt und seismographisch sagt, das paßt mir nicht, oder ich hab's zumindest bemerkt – das reicht nicht. Wenn ich dafür bin, daß keine roten, sondern grüne Bänkchen da sind, dann muß ich mich entweder äußern, schreiben, mich wählen lassen, Politiker werden oder Stadtverordneter. Die Bedeckungen haben keinen Sinn.

Es hat bei uns eine Zeit gegeben, da waren so viele Probleme – ich spreche jetzt nicht von der Nazi-Zeit, ich rede von der Zeit danach –, da wurde nicht geredet über das Grundstück oder Grundstücksveränderungen oder nächtliche Querelen mit dem Nachbarn, sondern Ersatzgespräche wurden geführt über Vietnam, über Kuba, nur um nicht vom Eigenen zu sprechen, nicht?

Es schreiben sehr viele Leute generell und global über das Zusammenleben von Menschen. Aber das ist auch nicht richtig. Richtig ist, daß man in der Gesellschaft, in der man lebt, wo man die Menschen kennt, und wo man was verändern kann oder zumindest anregen kann, etwas zu verändern, dort muß man seine Stimme erheben.

Und das verlange ich natürlich um so mehr von den Menschen, die gebildeter sind. Das ist ein ganz wesentlicher Punkt, daß die Leute, die ein großes Studium hinter sich haben, die informierter sind, von mir aus auch die, die intelligenter sind ...

Norbert Beilharz: ... und die, die sich in der Öffentlichkeit darstellen?

Klaus Maria Brandauer: ... von denen um so mehr ..., je mehr sie wissen, um so mehr Verantwortung tragen sie und sind dazu aufgerufen, sich zu äußern.

Norbert Beilharz: Herr Brandauer, eine Frage zu Ihrem Film: Ein ganz entscheidender Punkt, die Entscheidung eines Künstlers, eines Regisseurs und Schauspielers: Wie verfilmt man Literatur? Vor allen Dingen dann, wenn uns gesagt wird – und wenn wir es selber empfinden –, daß es bedeutende Literatur ist, die ihre Zeit in den Griff bekommen und vielleicht schon eine künftige Zeit angekündigt hat?

Verfilmt man sie, indem man jedem Satz auf der Spur bleibt, oder verfilmt man die Wirkung, die sie bei einem selbst auslöst? Wie entscheiden Sie sich da, und wie haben Sie sich bei diesem Film entschieden?

Klaus Maria Brandauer: Es ist bemerkenswert, daß Sie mit dem, was Sie gerade gesagt haben, bereits eine Antiwerbung gemacht haben gegen den Film. »Das ist eine Literatur, eine Literaturverfilmung« – aus. Die Leute sagen: »Ahh (gähnt) Literatur ... Roman ... Thomas Mann«, und eigentlich ist das schrecklich, nicht? So haben wir bereits das Wort, den Begriff »Literatur«, verunglimpft für die Kinogänger oder die Kinomacher. Um die Frage zu beantworten, lassen Sie mich das etwas flockig tun: Literatur verfilmt man respektlos! Ich kann Herrn Thomas Mann in seiner Begabung, ich würde sagen in seinem Genie, in seiner Fertigkeit zu schreiben, nicht einholen. Ausgeschlossen! Dazu fehlen mir alle Voraussetzungen: seine Sozialisation, seine Bildung, seine Begabung, ja sein Leben. Das heißt, was kann ich machen? Was können wir machen?

Wir können es lesen und uns fragen: »Machen wir's? Ja, das interessiert uns. Das ist etwas, das können wir darstellen.« Nun kann ich nicht sagen, daß das, was in der Novelle steht, alles darstellbar ist. Sondern ich muß ja wesentliche Dinge berücksichtigen: Die Geschichte spielt 1926. Eine Reportage aus jenem Jahr möchte ich nicht machen. Ich halte auch einen Film über Julius Cäsar nicht für angemessen, um einen Report über fünfzig vor Christus zu machen – es muß unseren Menschen heute etwas sagen. Es müssen Ähnlichkeiten, heutige Varianten des Themas, in der Luft liegen, sonst interessieren wir uns nicht dafür, und wahrscheinlich würde ich mich dafür auch nicht interessieren, und wir uns alle nicht.

Das heißt, es muß eine gewisse Respektlosigkeit – wie ich vorher gesagt habe – und ein gewisser Mut eintreten, daß man das interpretieren möchte, was man herausgelesen hat. Denn das Bemerkenswerte ist, daß wir alle, die wir hier im Raum sind – ähnliche Sozialisation, ähnliche Schulbildung – ein und dieselbe Novelle lesen können oder eine schriftstellerische Arbeit, und wir erzählen uns, ja fast bis zur Geschichtsdifferenz, eine andere Geschichte. Es ist möglich! Weil, es hängt wiederum davon ab: wann haben wir es gelesen, wie haben wir es gelesen, wie war die Tageseinbindung, wo das Augenmerk? Jeder Fingerzeig liegt woanders: denn den einen interessiert dies, den anderen interessiert das.

Also unser Synonym, Cipolla, der Magier, den alle so aufregend finden und als den »Plot« der Geschichte, der hat mich interessanterweise – analog zu dem was ich vorher gesagt habe, die Potentaten interessieren mich nicht so sehr, sondern die Menschen, die die Leute ermöglichen – auch in dieser Novelle nicht so sehr interessiert. Sondern interessiert hat mich die sehr glückliche Familie Fuhrmann: Professor Bernhard Fuhrmann, seine Frau Rachel, wie sie bei uns heißt, seine Tochter Sophie, neun Jahre alt und sein Sohn Stephan. Die vier fahren aus einer heilen Welt, so stellt es sich uns dar, in eine andere, sehr schöne Welt namens Italien. Und was ihnen da passiert, ist dazu angetan, zu bemerken, daß es so glücklich auch in dieser Familie gar nicht zugeht.

Wenngleich wir sagen müssen, da passiert nichts Besonderes: Die Eltern haben sich gern, die Kinder sind lieb zu den Eltern, die Eltern sind lieb zu den Kindern. Trotzdem liegt etwas in der Luft. Und es braucht nur ein kleiner Anstoß zu kommen, zum Beispiel man kriegt nicht das richtige Essen, oder man darf nicht mehr an dem Tisch sitzen wie das Jahr zuvor, wo man doch schon einige Jahre immer in dieselbe Sommerfrische fährt. All diese Kleinigkeiten sind bereits angetan, Brüche im Zusammenspiel dieser Familie aufzutun. Und wenn das schon in Kleinigkeiten so ist, wie wird sich das erst ändern, wenn etwas Größeres, eine größere Provokation kommt, wie wir es ja wissen aus schwierigen Zeiten, wo manchmal der Sohn gegen den Vater ist. Das bricht dann alles auf, nicht? Und deshalb sind es die Fuhrmanns, und besonders Professor Fuhrmann – akzeptiert von uns allen, die wir am Film gearbeitet haben –, denen unser Hauptaugenmerk gilt.

Und den Cipolla, den möchte ich nicht so »großsingen«, daß er für Nero und Stalin und Hitler stehen kann. Auch da habe ich etwas gelernt bei dem, was das Drama anlangt, unschlagbaren Genie Shakespeare: Selbst für die »schlimmen Finger« in Geschichten müssen wir Werbung machen. Sonst kann man sie nicht verstehen. Das heißt, wenn Sie Richard III. spielen, müssen Sie ihn als Darsteller, aber auch als Inszenator, bewerben. Sonst sagen Sie nach fünf Minuten: »Na, das ist aber ein ekeliger Kerl, das ist eine schreckliche Drecksau, der interessiert mich nicht.«

Norbert Beilharz: Warum läßt die Gesellschaft ihn zu?

Klaus Maria Brandauer: Wir müssen zeigen, daß dieser Magier Cipolla einen Grund hat, so zu sein, wie er ist.
Und er hat nicht einmal einen Grund, sondern er wurde ihm aufgezwungen. Er kann's nicht. Er kann's Leben nicht. Er kann nicht spielen. Er ist zurückgesetzt, vom Aussehen schon, von dem, wie er behandelt wurde. Er hat sicherlich auch Revanchegelüste. Er ist in sich verständlich, ja das heißt, er wird eigentlich nur aufgebaut als das, was das Wechselspiel immer ist im Leben, auf dieser Welt.
Wir brauchen zwei Dinge. Wir brauchen einen Südpol und einen Nordpol, und dazwischen spielt sich's ab. Ohne zwei Punkte gibt es kein Drama. Und in unterschiedlichen Graden sind wir manchmal Opfer und Täter. Und jeder soll froh sein, wenn er möglichst Opfer bleibt, wie schlimm es auch immer ist.

Norbert Beilharz: Herr Brandauer, jeder Mensch befindet sich zwischen einem Süd- und einem Nordpol. Wo würden Sie sich denn selbst bestimmen, zwischen Täter und Opfer?

Klaus Maria Brandauer: Leute, die schlau sind oder sich für schlau halten, würden »irgendwo in der Mitte, am Äquator« sagen.

Aber ich weiß durch mein bisheriges Leben, daß ich manchmal am Nordpol und manchmal am Südpol und manchmal irgendwo dazwischen bin. Vielleicht würde ich gar nicht mal sagen Nord- und Südpol, weil, das sind so extreme Dinge, so extrem finde ich mich gar nicht. Ich habe nicht die Chance dazu, aber ich bin unterwegs auf allen Punkten, wo es mich halt hinweht, oder wo ich selber Einfluß habe, hinzukommen. Mein Einfluß, unser

aller Einfluß ist ja sehr gering. Wir überschätzen uns ja kolossal, nicht?

Aber dieses schmale Segmentchen, wo wir Einfluß haben, das würde ich gerne nutzen und mich mal erkundigen, ob es noch Menschen gibt, die mehr wissen als ich. Und da gibt es eine ganze Menge, um halt weiter zu lernen und dann irgendwann mal ein Fazit daraus zu ziehen.

Norbert Beilharz: Das Klischee sagt ja, daß der Schauspieler mehr das Opfer wäre in einer Zusammenarbeit, und der Regisseur der Täter. Sie haben es nun aufgespalten.

Klaus Maria Brandauer: Na ja, ich sage manchmal, der Beruf ist ein Abfallprodukt meines Lebens, und das klingt ein bißchen despektierlich. Das meine ich nicht. Aber ich glaube natürlich nicht, daß es den Bürgermeister, den Schreiner, den Bäcker, den Schauspieler, den Politiker gibt – und wenn es so wäre, dann würde der Beruf einen vereinnahmen, das passiert auch. Das finde ich aber uninteressant. Interessant ist, daß der Mensch, der man ist, dem Beruf den Stempel aufdrückt. Drum sind ja die Qualitäten und die Art und Weise, wie man behandelt wird, bei Ärzten oder in anderen Berufen, unterschiedlich. Und ein Tischler, der 'nen Stuhl macht und ihn zusammennagelt und da kann man drauf sitzen, das ist in Ordnung. Wenn der Stuhl nicht zusammenkracht, ist es ein guter Tischler. Ein besserer Tischler ist allerdings, der einen Leim mit verschiedenen Kräutern selber anrührt.

Und das Geheimnis verrät er überhaupt niemandem. Und manchmal habe ich das Gefühl, ich sitze auf einem Sessel, der hat das alles. Ich bild's mir nicht ein, ich weiß es. Es gibt unterschiedliche Arten, einen Beruf auszuüben. Und den Beruf übt man aus, so wie man ist.

Und das, was Sie mit Regisseur und Schauspieler meinen, weil ich in diesem Film etwas gemacht habe, was ich eigentlich nicht mehr machen wollte: Aber es hat sich einfach so ergeben, unter meiner eigenen Regie zu spielen, und ich kann nur sagen, der Schauspieler und der Regisseur verstehen sich blendend. Sie kennen sich sehr lange, sie kennen die geheimsten Bezirke und Schliche und Faulheiten, um drüberwegzuturnen und drüberwegzujodeln. Also, wir sind blendend miteinander ausgekommen. Wenn einer sagt, man könne nicht Regie führen und selber spielen, dann mag derjenige recht haben. Ich akzeptiere das. Ich habe es jetzt schon zum zweiten Mal probiert, jedenfalls im Film. Im Theater habe ich das ja öfter gemacht, habe ich das durchbrochen, wie viele andere auch. Es hat seine Vorteile und natürlich auch Nachteile, das ist klar. Aber im Film sehe ich – spätestens am zweiten oder dritten Tag –, was ich gemacht habe. Und wenn es ganz arg ist, wenn ich mich ganz vergaloppiert habe, kann ich es ja – wenn der Produzent einverstanden ist – nochmal drehen.

Norbert Beilharz: Herr Brandauer, ich möchte zurückkommen zu Mario und der Zauberer. Sie sagen ja, Literatur, aus der man einen Film macht, die kann man nur respektlos behandeln. Einen sehr starken Einschnitt haben Sie vorgenommen am Schluß des Films. Es ist ja so, daß Thomas Mann den Cipolla ein Experiment anstellen läßt mit dem Kellner Mario, demzufolge Mario im Zauberer seine Geliebte sieht und den Verführer, diesen häßlichen, gedemütigten Menschen, küßt. Und ich glaube, Thomas Mann redet in dem Zusammenhang von diesen mißbrauchten Lippen. Sie haben das anders gelöst, indem nicht Mario, aus Scham und Bestürzung, Cipolla erschießt, sondern Mario durch ein Versehen selbst erschossen wird.

Klaus Maria Brandauer: Zunächst einmal hat mich diese Bemühung einer leichten Homophilität abgeschreckt, eine politische Aussage zu machen. Diese Verbindung hat mir schon in Mephisto – wie meinem Freund István Szábo, ihm vor allem, aber auch mir – nicht geschmeckt. Der Hendrik Höfgen hat einen Freund, über den er sehr viel erfährt, und mit dem er sehr intim ist. Diesen Freund haben wir eliminiert und damals eine farbige junge Schauspielerin genommen, um das nicht zu belasten.

Ich habe manchmal große Probleme, etwas zu belasten, indem man versucht, sich über den wirklichen Inhalt hinwegzuturnen. Das ist wie beim Oberst Redl, dem hat man nachgesagt, er sei ein Homosexueller, und Homosexualität bedeutet irgendwann mal »Verräter«. Das freut mich nicht sehr. Weil, warum soll man irgendwie Minoritäten oder Andersgläubige oder Andersgeartete damit belasten?

Das andere ist – und das wendet sich nicht gegen Thomas Mann –, wenn bei uns am Schluß der Geschichte Cipolla überlebt, dann ist es einzig und allein aus dem Grund, weil er wirklich weiterlebt. Wenn die Literaturwissenschaft meint und Thomas Mann selber sagt: »Das ist das Synonym für Faschismus«, dann kann er nicht gestorben sein, dann wir haben ihn! Aus diesem Grund wird der Cipolla bei uns nicht erschossen, sondern überlebt.

Wir haben aber eine Figur, den Mario, die Novelle heißt ja »Mario und der Zauberer«, und jeder, der die Novelle kennt, weiß, daß dieser Mario nur marginal in der Geschichte vorkommt. Nicht so bei uns. Wir haben das Unschuldige in diesem Menschen, das Thomas Mann beschreibt, sehr genau aufgezeigt, und da alle anderen sich mehr oder weniger schuldig machen am Zustand der Situation in diesem Sommer – beispielhaft für ihr ganzes Leben oder für ihr Leben zur damaligen Zeit –, haben wir den am wenigsten Belasteten, oder eigentlich Unschuldigen, zu Tode kommen lassen. Das, was auch in der Novelle beinhaltet ist, ein stiller Aufruf zum Tyrannen-Mord, ein Bild in der Literatur, das sich, seit es Literatur gibt, durchzieht, das finde ich nicht das Geeignete. Das Geeignete ist vielmehr die eigene Prüfung, die Bespiegelung von sich selbst im Sinne von Analyse, daß man zu einem Tyrannen-Mord gar nicht aufrufen muß, sondern durch die Art und Weise, wie man lebt, wie man sich in der Gesellschaft bewegt, solche Dinge gar nicht erst entstehen läßt. Im Sinne des Dramatischen könnte ich noch etwas hinzufügen, das wäre dann ein Grund Nummer zwei, aber ich bestehe eigentlich darauf, daß mir der erste Grund der wichtigste ist. Der zweite Grund: Ein Schausteller, der, egal wie schlimm, wie manipulativ er ist, noch dazu zurückgesetzt und vielleicht auch etwas häßlich, wenn der am Schluß stirbt, da haben wir dann das Prachtexemplar eines Menschen, der ein Außenseiter ist und auch noch zu Tode kommt. Das ist der logische Schluß. Das finde ich romantisch. Das sagt mir nichts. Das schiebt unsere Geschichte in einen Abschluß. Sie hat aber keinen Abschluß. Und wenn wir nur die politischen Strömungen anschauen, verblendet oder nicht, Jugend die verführt ist, von wem auch immer: Momentan haben wir gar keinen Cipolla mehr, wir haben offensichtlich ein Nest von Cipollas, wenn wir beim Bild bleiben wollen, und dann wäre sein Tod nicht der richtige Weg.

Das ist ein wesentlicher Eingriff, keine Frage. Es gibt noch einige Eingriffe, wie zum Beispiel die Darstellung eines Kellnerrennens, eines Balls, eines Feuerwerks, die Gestaltung einer Figur namens Graziano, die der Hoteldirektor in unserer Geschichte ist, der auch zu Tode kommt.

Das sind Eingriffe. Nur hätten wir sie nicht gemacht, wenn wir sie nicht aus der Geschichte, in der Verlängerung unseres Verständnisses aus Thomas Manns Novelle »Mario und der Zauberer«, herausgelesen hätten.

Norbert Beilharz: Die Überlegung ist nicht in Ihnen gekeimt, daß bei Ihrer Lösung, indem der Unschuldige das Opfer wird und der Schuldige wieder davonkommt, nicht doch eher die Konvention und vielleicht auch ein Stück Romantik bedient wird?

Klaus Maria Brandauer: Schon bei Thomas Mann ist der Cipolla eine Künstlichkeit. Er ist künstlich. Er ist, wenn Sie so wollen, der Mephisto, den es nicht gibt. Es gibt nur den Faust, aber da, wie bekannt, zwei Seelen in seiner Brust wohnen, also die zweite das Gegen-Ich, Zwischen-Ich, Über-Ich, also das Teuflische ist, der Abgrund, so ist es auch in dieser Geschichte. Und auch bei uns ist das eigentlich nur ein provokatives Moment. Abspielen tut es sich natürlich bei uns, bei den Fuhrmanns. Wir sind die Biedermänner oder die Fuhrmänner, wenn wir zu Max Frisch ausweichen wollen.

Februar 1994

Der Kameramann Lajos Koltai fotografierte die internationale PROVOBIS-Produktion
MARIO UND DER ZAUBERER.
Audiovisuelle Ausstattung: Arnold & Richter München, Arriflex 535, Breitwand 1:1,85, Dolby Stereo
Material: Kodak Eastman Color (Negativ Nr. 5247, 5293, 5296)
Kopierwerk Atlantik Hamburg

Eberhard Görner

DIE NOVELLE – EIN SPIEGEL DER ZEIT

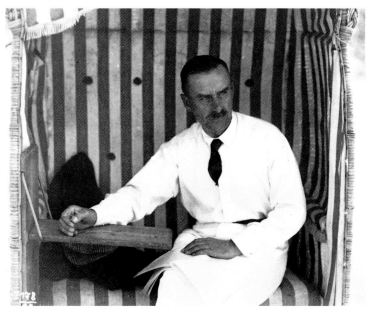

**Thomas Mann im Strandkorb, bei der Arbeit an
»Mario und der Zauberer«, Rauschen, 29. 7.–23. 8. 1929**

 Thomas Mann hat in seinen Essays, Romanen, Novellen und Tagebüchern dem Leser genügend Material gegeben, sich auf seine Betrachtungen einzulassen und sie zu interpretieren. Er selbst nutzte seine Texte zu eigenen Reflexionen, stellte sich als Fragender, der Antworten suchte.

»Mario und der Zauberer« ist vielleicht *die* Novelle, die im Zentrum seiner geistigen Auseinandersetzungen seit den zwanziger Jahren steht. Immer wieder taucht sie in seinen Überlegungen, besonders Anfang der vierziger Jahre im amerikanischen Exil, auf.

Mehr als zwanzig Jahre lang beschäftigte diese »Kleine Reiselektüre«, wie Thomas Mann sie einmal nannte, Politiker, Literaturkritiker, Leser, die Öffentlichkeit. In den fünfziger und sechziger Jahren war der Wiederaufbau gefragt, Thomas Manns Stoffe »Felix Krull«, »Königliche Hoheit«, »Tonio Kröger« wurden vom literarischen Stand in ein neues Medium, den Film, übertragen.

Die siebziger und achtziger Jahre erlebten eine Renaissance – nicht zuletzt durch das Fernsehen – der großen Thomas-Mann-Gesellschafts-Epen: »Buddenbrooks« und »Der Zauberberg«.

Luchino Visconti verfilmte 1970/71 die 1912 entstandene Thomas Mann-Novelle »Tod in Venedig« mit Dirk Bogarde und Silvana Mangano. Der Film wurde ein internationaler Erfolg, insbesondere durch die optische und musikalische Kraft des Dargestellten.

Warum diese Aufzählung? Sie zeigt, in welchen Zeitabständen Thomas Mann und seine Literatur immer wieder einen hohen aktuellen Stand aufweist, gleichermaßen ein Spiegel gesellschaftlicher Verhältnisse ist. Man muß nur den Mut haben, sich darauf einzulassen.

Zehn Jahre lang war die Novelle »Mario und der Zauberer« für uns »verschollen«, denn die Verfilmungsrechte lagen bei dem großen italo-amerikanischen Produzenten Dino de Laurentiis. 1987 wurden die Rechte frei. Wir haben Thomas Manns »Mario und der Zauberer« aus dem Exil zurückgeholt im Bewußtsein, daß wieder einmal die Zeit reif ist für einen Stoff, der sechzig Jahre lang nichts von seiner humanen Geisteshaltung eingebüßt hat, der heute und morgen seine Berechtigung hat, neu erlebt zu werden.

»Die Erinnerung an Torre di Venere ist atmosphärisch unangenehm. Ärger, Gereiztheit, Überspannung lagen von Anfang an in der Luft, und zum Schluß kam dann der Chok mit diesem schrecklichen Cipolla, in dessen Person sich das eigentümlich Bösartige der Stimmung auf verhängnishafte und übrigens menschlich sehr eindrucksvolle Weise zu verkörpern und bedrohlich zusammenzudrängen schien.«

Als Thomas Mann diese ersten Zeilen seiner Novelle »Mario und der Zauberer« im Juli 1929 in Rauschen, einem Erholungsort im Samland/Ostpreußen, zu Papier brachte, lag das Ereignis des italienischen Unterhaltungskünstlers Cipolla gut zwei Jahre hinter ihm und seiner Familie. Konnten die Kinder noch in dem »glücklichen Wahn gelassen« werden, »daß alles Theater gewesen sei«, Thomas Mann sah tiefer hinter »die falschen Vorspiegelungen des merkwürdigen Mannes«. Denn eine Frage beschäftigte ihn immer wieder; sie zieht sich wie ein roter Faden durch die Novelle: »Hätten wir nicht abreisen sollen?«

In Rauschen hatte er die Muße, sich darauf eine Antwort zu geben. Dieses idyllische Dorf im preußischen Regierungsbezirk Königsberg, an der Ostsee und der Kleinbahn Königsberg-Wernicken gelegen, mit einer evangelischen Kirche, mit Bernsteingräberei und Fischerei – es lag weit weg von Mussolinis Italien. Es lag im Deutschland der Weimarer Republik. »Im richtigen Moment muß auch die richtige Waffe geführt werden. Eine Etappe ist die der Erforschung des Gegners, eine andere die der Vorbereitung, eine dritte die des Ansturms.« Diese Sätze von Adolf Hitler könnten auch vom Zauberer Cipolla stammen, denn Thomas Mann betont ausdrücklich, »daß von persönlicher Scherzhaftigkeit oder gar Clownerie in seiner Haltung, seinen Mienen, seinem Benehmen nicht im geringsten die Rede sein konnte; vielmehr sprachen strenge Ernsthaftigkeit, Ablehnung alles Humoristischen, ein gelegentlich übellauniger Stolz, auch jene gewisse Würde und Selbstgefälligkeit des Krüppels daraus, – was freilich nicht hinderte, daß sein Verhalten anfangs an mehreren Stellen des Saales Lachen hervorrief«.

In einem Brief vom 2. Februar 1930 schrieb Hitler in prophetischer Voraussicht, »daß längstens in zweieinhalb bis drei Jahren ... der Sieg unserer Bewegung eintritt«.

Im April 1930 erschien die Novelle unter dem Titel »Ein tragisches Reiseerlebnis« in »Velhagen und Klasings Monatsheften«. Thomas Mann stand bereits bei den Hitler-Anhängern auf der Schwarzen Liste, die in seinen Werken Verrat an den nationalen Ideen witterten. Auf das neueste Werk des 1929 mit dem Nobelpreis geehrten deutschen Dichters gab es die unterschiedlichsten Literaturkritiken, welche die politischen Positionen der Rezensenten bereits deutlich werden ließen.

Bruno E. Werner schrieb am 14. Mai 1930 in der »Deutschen Allgemeinen Zeitung«:

»Wir glauben jedoch, daß es eine komische Unterschätzung der Intelligenz und des künstlerischen Gewissens Thomas Manns ist,

Katia, Monika, Michael, Elisabeth, Thomas, Klaus und Erika Mann auf Hiddensee, 1924

wenn man – wie es schon geschehen ist – in dieser Novelle ein Gemälde des faschistischen Italien sehen will, wobei Signor Cipolla gewissermaßen eine Symbolisierung Mussolinis sein soll, der ein Volk oder Auditorium zum menschenunwürdigen, willenlosen Massenwahn hypnotisiert. Eine Unterstellung solch törichter Motive, die aus allerlei politischen und sonstigen Äußerungen des Verfassers fälschlich abgeleitet zu sein scheint, ist ein Unrecht gegen Thomas Mann. Diese Novelle ist die Schilderung eines privaten Erlebnisses und der Autor hat hinreichend subtile, gestalterische Fähigkeiten, um das Geschehnis aus der Sphäre des Persönlichen ins Allgemein-Menschliche zu steigern.«

In Stefan Großmanns Kritik vom 31. Mai 1930 in der Zeitschrift »Das Tagebuch« heißt es: »... könnten die Sätze in der Erzählung Manns nicht auf einen viel mächtigeren italienischen Rhetor oder Zauberer oder Herrscher angewandt werden? Ist in diesen politischen Sätzen nicht der Grund für die Apathie und Folgsamkeit des italienischen Bürgertums angebracht? Cipolla hat seinen Willen dem ganzen Städtchen aufgezwungen, bis ein der Hypnose Entsprungener ihn niederschießt. Ein jähes Ende, es kann kein anderes geben, bestärkt den nachgenießenden Leser in dem Wissen, daß Mann als Erzähler immer auch Politiker ist.

Man sieht, »Mario und der Zauberer« ist eine sehr spannende Sommernovelle, von jungen Damen auf dem Strande zu lesen. Aber auch Ministerpräsidenten sollten sie in den Ferienkoffer packen.«

Es hat etwas von Surrealismus, wenn am 17. Mai 1930 in der »Neuen Leipziger Zeitung« eine Kritik unter dem Titel »Das Gleichnis vom Hypnotiseur« erscheint, in der

der Redakteur für Kunst, Wissenschaft und Unterhaltung, Hans Natonek, feststellt, daß Thomas Mann in seiner Novelle, die »im neuen Italien, das gleichbedeutend ist mit Faschismus« spielt, »etwas Allgemeines, Überindividuelles« entwickelt.

Einem Schriftsteller wie Ernst Weiß geriet die Kritik über Thomas Manns Novelle am 6. Mai 1930 im »Berliner Börsen-Courier« zu einer psychoanalytischen Beschreibung des geistigen Zustandes der Deutschen: »Es wird nun mit wahrhaft souveräner Hand, nämlich mit einem Nichts an Farbe und Kontur die faschistische Haltung, dieser schauder- und lustvolle Seelen- und Körperkrampf, geschildert, der nicht einen Einzelnen, etwa unter dem Einfluß eines Hypnotiseurs, sondern ein ganzes Volk unter der Wirkung eines Führers beherrscht. Massenwahn, Massenwahrheit, Massentrug, Überpatriotismus, ein ins religiöse sich versteigendes Nationalgefühl, Selbstvergottung, neuer Götzendienst am eigenen Altar...«

Die Gefahr, die heraufdämmerte, man sah sie wohl, aber es ging vielen Intellektuellen wie den Kindern von Thomas Mann. Sie verstanden nicht, »wo das Spektakel aufhörte und die Katastrophe begann«. Ein ganzes Volk lebte in dem »glücklichen Wahn, daß alles Theater ... sei«.

»Der kleine Leibesschaden«, den Thomas Mann an Cipolla beschreibt, »der den Gang zwar nicht behinderte, aber ihn grotesk und bei jedem Schritt sonderbar ausladend gestaltete«, diesen kleinen Leibesschaden zeigte Hitlers Demagoge Joseph Goebbels gerade im Jahre 1932 einer immer mehr vom Hakenkreuz verzauberten Masse genauso schamlos wie Cipolla. Macht verschönt. Die Zuschauer störte der kleine Schaden nicht. Im Gegenteil, er hatte etwas menschlich Anziehendes. Cipolla wie Goebbels wußten, wenn sie auftraten, »beherrschte zivilisiertes Feingefühl den Saal«.

An dieser Stelle sei im Lichte unserer historischen Erfahrung einmal darüber nachgedacht, warum das deutsche Volk die magische Kette von »Befehlen und Gehorchen«, ihren »stummen Gemeinschaftswillen«, so oft in seiner Geschichte auf Führer übertrug, die nicht nur insensibel waren, sondern auch körperlich traumatisiert. Schon Kaiser Wilhelm II. »war seiner physischen und psychischen Entwicklung ein ganz eigentümliches Hindernis bereitet, durch eine unheilbare Schwäche des linken Armes, welches zu beseitigen alle Kunst und Sorgfalt unfähig bleiben mußte, wenn nicht das Kind in ungewöhnlicher Energie des Willens dabei mitwirkte. So wächst ein Knabe heran, den eine unverschuldete Schwäche zu natürlicher Furcht vor dem Stärkeren, zu Eingezogenheit bestimmen mußte..., überdies wird ihm, über das Maß des Offiziers noch hinaus, ein energischer Auftritt anerzogen, da er kühn und offen vor der Menge stehen soll. Wie sollte ein Kind solche Erziehung zum falschen Scheine jahrelang ohne Gefahr für seine Seele tragen! Der einzige Weg, ihn zu retten, wäre der, Schein und Wirklichkeit völlig zu trennen und hinter zynisch dargestellten Gesten des Purpurs in ihm eine Welt aufzubauen, in der Körperschwäche nicht entadelt.«[1] Doch weit gefehlt, der aggressive Pomp und nationalistische Protz der Kaiserzeit – »Welch Schauspiel! Aber ach, ein Schauspiel nur!«, um mit Goethe zu sprechen –, führte direkt, vorbei am großen Kaiser, auf die Schlachtfelder des Ersten Weltkriegs.

Bei erheblich entwickelter Eitelkeit stellt sich schnell der Glaube ein, wirklich etwas Besonderes darzustellen. Das fühlt der »Illusionista Cipolla« genauso wie der Gefreite Adolf Hitler. Beide brauchen die Reitpeitsche, um »dem hochansehnlichen Publikum ... mit einigen außerordentlichen Phänomenen geheimnisvoller und verblüffender Art aufzuwarten«. Es zeigt sich, die Perversion der Taschenspielertricks des Forzotatore Cipolla ist auch die Perversion der Politik. Und es scheint, als ob das Volk, und nicht nur das deutsche, diese fahrenden Virtuosen der

Weltgeschichte, egal ob sie Mussolini, Kaiser Wilhelm, Hitler oder Stalin heißen, braucht, um sich ein bißchen abzulenken.

Die Mittel der Verlockung. Das Merkwürdige und Spannende, welches jedem gesellschaftlichen Umbruch innewohnt. Das Gefühl, an etwas Außerordentlichem beteiligt zu sein. Die Neugierde darauf, wohin sich die Dinge entwickeln. Thomas Mann beschreibt sein eigenes Schwanken und legt dabei die soziologischen Nerven frei, die in einem bestimmten historischen Moment bereit sind, ein Volk aus seinem demokratischen Selbstverständnis zu reißen.

»Wir gaben nach«, gesteht Thomas Mann, »wenn auch, soviel wir wußten, nur für den Augenblick, für eine Weile noch, vorläufig. Zu entschuldigen ist es nicht, daß wir blieben, und es zu erklären fast ebenso schwer. (...) Unterlagen wir einer Faszination, die von diesem auf so sonderbare Weise sein Brot verdienenden Manne auch neben dem Programm, auch zwischen den Kunststücken ausging und unsere Entschlüsse lähmte?«

Gestatten wir uns einen Blick auf unsere Gegenwart. Das Versagen des real existierenden Sozialismus in den osteuropäischen Ländern hat nicht zuletzt auch darin seine Ursachen, daß er im Laufe seiner gesellschaftlichen Praxis immer mehr von entwicklungsgeschichtlich überholten Merkmalen geprägt worden ist. Der Personenkult stalinscher Prägung ist dafür ein erschreckendes Beispiel: »... er erlaubte die Anwendung schrecklichster Repressionen, wider alle Normen der revolutionären Gesetzlichkeit, gegen jeden, der in irgend etwas mit Stalin nicht übereinstimmte, der mit gegnerischen Absichten verdächtigt, der einfach verleumdet wurde (...). Das führte zu einer krassen Vergewaltigung der revolutionären Gesetzlichkeit (...). Die Willkür einer einzelnen Person regte auch andere zur Willkür an und ermöglichte sie. Massenverhaftungen und Deportationen vieler tausend Menschen, Vollstreckungen ohne Gerichtsurteil und ohne normale Untersuchung riefen einen Zustand der Unsicherheit und der Furcht, sogar der Verzweiflung hervor.«[2]

Es wird die Historiker noch eine Weile beschäftigen, daß diese soziale Utopie, der auch so bedeutende Köpfe wie Thomas und Heinrich Mann oder Lion Feuchtwanger nicht kalt gegenüberstanden, anderthalb Jahrhunderte die Geschicke Europas und der Welt geprägt hat. Erst jetzt sind Millionen, zu ihnen zählen auch die Bürger der bisherigen DDR, gezwungen, sich ihre eigene Biographie zu erklären. Warum es einem Stalin, Mao, Ceaucescu, Kim Il Sung, Ulbricht, Honecker oder Castro gelang, sich als »die Personifikation« für das sozialistische Glück zu halten, als Verkörperung einer leuchtenden Zukunft?!

Wie wir heute wissen, hat sich Europas Hoffnung auf Freiheit und Liberalismus gegen das politische Extrem durchgesetzt. Es geht aber nach wie vor um die Herstellung von Gleichheit, um soziale Gerechtigkeit, Demokratie. Soll dieses Sicherungsmittel auch im 21. Jahrhundert halten? Denn ob die Menschen ihre Dämonen inzwischen alle abgeschüttelt haben, ist zweifelhaft. Allzu rasch könnten Europas Zuschauer einem neuen Hokuspokus nationaler oder sozialistischer Inszenierungskunst verfallen. Nur zwei Dinge spielten die Hauptrolle bei Cipollas Triumphen, »für das eigentümlich Entehrende«, schreibt Thomas Mann, »das Stärkungsgläschen« und die »Reitpeitsche« mit dem Klauengriff. Das eine mußte immer wieder dazu dienen, seiner Dämonie einzuheizen ... das andere, dies beleidigende Symbol seiner Herrschaft, diese pfeifende Fuchtel, unter die seine Anmaßung uns alle stellte«.

Thomas Mann wußte um die Verführbarkeit durch Macht. Er war selbst ein Verführer, ein Mächtiger auf dem Feld der Literatur, ein Dichter, der die Psyche des Menschen an die Hand nimmt, um sie nach Belieben in das Land der Phantasie zu entführen. Und trotzdem war er sich genauso unsicher wie viele seiner Zeitgenossen.

»Hätten wir nicht abreisen sollen?« Diese Frage zieht sich wie ein roter Faden durch die Novelle. Eine Frage, die sich nach 1933 Arbeiter, Intellektuelle, Juden, Christen, Kommunisten und Sozialdemokraten immer wieder stellen mußten. Auch in der Familie Mann wurde sie zu einer existentiellen. Die richtige Antwort darauf entschied oft über Leben und Tod. Denn was alle versucht hatten, den Nationalsozialismus als vorübergehende politische Entgleisung zu verdrängen, war nun nicht mehr zu übersehen: Vom Faschismus ging auf Europa eine hypnotische Faszination aus. Dieses politische System kam dem unbewußten Wunsch entgegen, sich gehenzulassen. Ein Wunsch – der »durch keine Vernunft oder willensmäßige Anstrengung zu kontrollieren ist und nur mit Gewalt gebrochen werden kann«.[3] Es ist bezeichnend für das innere Verhältnis von Thomas Mann zu seiner Novelle »Mario und der Zauberer«, daß er sich in den Jahren seines Schweizer und amerikanischen Exils immer wieder mit ihr beschäftigte. Vielleicht hat ihn im nachhinein die klare Voraussicht auf die nicht vorhandene Willensfreiheit Deutschlands, die das Reiseerlebnis Mario und Cipolla in ihm auslöste, selbst erstaunt. Diese Zeit in Forte dei Marmi vom 31. August bis 13. September 1926, das Auftreten des Zauberkünstlers, bei dem es sich wohl um den im Italien der zwanziger Jahre bekannten, von G. D'Annunzio gefeierten Hypnotiseur Cesare Gabrielli handelt,[4] der ungesunde Patriotismus, den er am Strand erleben mußte, das Höhnische und Entwürdigende, das Cipolla seinen Versuchspersonen zumutete – es muß ihm wie das Wetterleuchten eigener kommender Unfreiheiten erschienen sein.

Bevor der Zauberer Cipolla den Kellner Mario seinen Suggestionen unterwirft, rühmt er dessen »antiken Namen«, um beim Publikum Gedanken an den römischen Heer-Führer der Popularen, Marius, zu assoziieren, den erbittertsten Gegner des römischen Diktators Sulla. Cipolla spielt mit den nationalen Gefühlen seiner Zuschauer. Er hebt Mario bewußt in eine solche Höhe, um ihn dann um so tiefer, Marios zarteste Gefühle verletzend, fallenzulassen.

Mario und Silvestra sind die Unschuldigen, die Opfer. Ihre jugendliche Liebe ist noch nicht mit allzuvielen menschlichen, politischen Erfahrungen durchsetzt.

Ganz anders dagegen die Figuren, die Thomas Mann im Umfeld der Jugend beobachtet.

Die Familie Angiolieri, sie eine gealterte Soubrette, Weggefährtin der Duse, Freundin des Meisters Puccini. Ihr Mann, gerade aufgestiegen zum Präfekten des Ortes, klein, schmächtig, jünger, verkörpert das neue Italien. Kultur, gesellschaftliches Leben und politische Vorsicht sind in diesen beiden Figuren angelegt.

Kräftiger zeichnet Thomas Mann den Manager im Gehrock und den langjährigen Leiter des Grand-Hotels, Graziano.

Zwei Weltanschauungen prallen hier aufeinander. Graziano, konziliant, freundlich, mit großer Verehrung den Gästen gegenüber, der Gehrockmanager, ein kühler, berechnender Mann, der sich an jener Gesellschaftsschicht orientiert, die die Macht repräsentiert.

Der Strandwärter mit dem Bowler, ein Untertan, der bedingungslos das neue Recht vertritt; der Arzt, der Weisungen und Anordnungen, dank seiner wissenschaftlichen Ausbildung, noch politisch neutral entgegensehen kann.

Sie alle werden wie in einem bunten Menschenreigen in ihren Gefühlen, ihrem Verhalten, ihren Haltungen von Thomas Mann impressionistisch mit feinen Strichen gezeichnet. Aber auch sie spüren die Veränderung, die in diesem Jahr in Forte dei Marmi (Torre di Venere) sich abzeichnet.

Untereinander entsteht ein feines, latentes Beziehungsgeflecht, das trotz der gesellschaftlichen Fassade in großer menschlicher Verwirrung und Unsicherheit endet. Um den

Thomas Mann, 1925

Fragen und Auseinandersetzungen aus dem Wege zu gehen, die Konfrontation zu vermeiden, die Abreise zu versüßen, will man das Erlebte in einem letzten gemeinsamen Abend unterhaltsam ausklingen lassen.

Keine eigene Stellungnahme, nicht daran rühren, keine Zivilcourage.

Der unterhaltsame Abend wird zur Katastrophe. Wird deshalb zur Katastrophe, weil jeder das »Schreckliche« vorher schon spürt. Die Bereitschaft, sich dagegen aufzulehnen, die Negation des Negativen. So trifft der Magier Cipolla auf ein Publikum, von dem er instinktiv spürt, daß es an diesem Abend keine Gegenwehr mehr leisten wird.

Cipolla kennt die Verstrickungen des Individuums in die Verlockungen der Macht, denn der dafür anfällige Bürger hat ein untrügliches Gespür dafür, wann er sich ihrer bedienen darf.

Das Ziel der literarischen Arbeit von Thomas Mann war die humanistische Durchdringung der Welt. Ein Konzept, das ihn in Gegensatz zu Cipolla und seinesgleichen bringen mußte.

Dieser »Illusionista« ist kein gewöhnlicher Taschenspieler, seine Vorführungen beruhen auf einer niedrigen Form der Offenbarung, er durchbricht die Grenzen der Individuation und versucht, seinen Willen an die Stelle des Willens der Zuschauer zu setzen.[5] Thomas Mann widersetzt sich diesem Versuch. Er plädiert für die Vernunft des Geistes, gegen inhumane Macht, er steht auf der anderen Seite der Menschheits-Barrikade.

Die nächsten Jahre werden von den Bemühungen weiterer deutsch-deutscher und europäischer Annäherungen geprägt sein. Konflikte, wie ein neuer Nationalsozialismus und Chauvinismus, sind dabei nicht auszuschließen.

Anmerkungen

1 Emil Ludwig. Wilhelm der Zweite. E. Rowohlt Verlag 1925, S. 14f.
2 Die Geheimrede Chrustschows. Über den Personenkult und seine Folgen. Berlin 1990, S. 16ff.
3 Vgl.: Hans Vaget. Mario und der Zauberer. In: Thomas Mann Handbuch. Regensburg 1990, S. 298.
4 Vgl.: Hans Vaget. Mario und der Zauberer. In: Thomas Mann-Handbuch. Regensburg 1990, S. 598.
5 Vgl.: Thomas Mann-Studien, Band 5. Hans Wysling. Narzißmus und illusionäre Existenzform. Bern 1982, S. 109ff.

Frank Roell

TAGEBUCH
Der deutsche Nachkriegsfilm wird kreativ

1947

MENSCHEN IN GOTTES HAND, ein erster »Trümmerfilm« der Nachkriegszeit, Rolf Meyer als Regisseur und Produzent, der zum 1. April 1947 britisch-lizensierten Firma »Junge Film Union« zu Bendestorf.

Dreh: Juli bis November 1947.

Meine damalige Tätigkeit: Zweiter Aufnahmeleiter mit einer Wochengage von 150,– RM.

Ein Telegramm der »Filmaufbau Göttingen« (Text: »Bitte kommen!«) befreit mich aus einer absolut irrsinnigen Situation: Tagsüber kein Strom, die Vorbereitungen – nur Drehmöglichkeit nachts, in »Schlangenmeiers Restaurant«, unserem improvisierten »Filmstudio«. Ein oft 24stündiger Arbeitsrhythmus hält uns über Wochen in Atem!

Ein mühsamer Start in der Geschichte des deutschen Nachkriegsfilms.

Hier beginnt die Vorgeschichte unseres Themas: »Das Kino und Thomas Mann« – nach dem Zweiten Weltkrieg. Die älteste Tochter, Erika Mann, avanciert zur Beauftragten, Beraterin und Drehbuchautorin der Thomas Mann'schen Adaptionen.

1949
Filmaufbau Göttingen – meine zweite Heimat.

DAS LEBEN GEHT WEITER, unerwartetes Wiedersehen mit Wolfgang Liebeneiner – in Vorbereitung DRAUSSEN VOR DER TÜR nach Wolfgang Borcherts Hörspiel (1947) – trotz glänzender Teamarbeit werden Drehzeit und Kalkulation bei weitem überschritten.

Uraufführung am 7. März 1949 unter der Begeisterung der Göttinger Bevölkerung und unter den »Tränen« meines Produzenten Hans Abich. Zitat: »Viel besprochen und wenig besucht!«, so erleben wir den Totalverlust. Wir machen weiter mit NACHTWACHE (1949, eine Co-Produktion mit der Neuen Deutschen Film GmbH), einmalig die evangelisch-katholische Finanzallianz, erstklassige Zusammenarbeit mit Harald Braun. Ein außergewöhnlicher Kinoerfolg mit Gewinn, und für den Regisseur Braun eine »Feuertaufe« für den ersten bald auf uns zukommenden Thomas Mann-Spielfilm KÖNIGLICHE HOHEIT!

1950–1953

ES KOMMT EIN TAG, in der Regie von Rudolf Jugert. Unser Drehalltag wird abwechslungsreicher, ein junger Regisseur mit Engagement. Dieter Borsche, Maria Schell und Lil Dagover sorgen während der reibungslosen Aufnahmen für Abwechslung und »Spaß am Spiel«. Der Erfolg: ein »Bambi« (1951) für den künstlerisch besten Film des vergangenen Jahres.

Rolf Thieles DER TAG VOR DER HOCHZEIT (1952) bringt schmerzhafte Verluste ein.

Die Dreharbeiten mit Curt Goetz für DAS HAUS IN MONTEVIDEO (1951) bringen Witz und Schwung in die Atelierbelegschaft. Für den Produzenten Hans Domnick ein Bombenerfolg mit knapp acht Millionen Reingewinn.

Zu Beginn des Jahres erreicht uns eine weitere entscheidende Botschaft: Thomas

Mann unterschreibt einen Vertrag mit Hans Abich – Filmaufbau GmbH, Göttingen – über die Verfilmung des Romans »Königliche Hoheit«; der Regisseur wird Harald Braun sein. Unsere Freude ist unermeßlich!

Ich lerne Erika Mann kennen, ein neuer Lebensabschnitt beginnt: Für zwei weitere Thomas Mann-Werke laufen Optionen: »Die Bekenntnisse des Hochstaplers Felix Krull« und – endlich – »Buddenbrooks«.

Wir hatten eine große Chance, die im Anfangsstadium aber wenig erfreulich aussah: Hans Hömberg und Georg Hurdalek lieferten das Drehbuch zu »Königliche Hoheit« termingerecht ab, es gelangte, wie auch immer, in den Besitz von Thomas Mann, der böse reagierte und eine weitere Zusammenarbeit mit Bedingungen verknüpfte, die Hans Abich mit der Beauftragten Erika Mann aushandeln mußte. Mit viel Geschick. Da der Film – nach Aussagen Thomas Manns – »in fürchterlichem Zustand zu sein schien«, schaltete er im September 1953 seine Tochter Erika »gewaltsam« ein. Sie handelte als »Verbindungsoffizier« zwischen der Filmproduktion und dem Autor und konnte als »genaue Kennerin all seiner Intentionen« an der Entstehung des Drehbuchs mitwirken. Zu einem sehr späten Zeitpunkt. Zu spät für eine erste, reibungslose Zusammenarbeit.[1]

Ein wesentlicher Nachtrag: Erika Manns Beziehungen zu ihrem Vater intensivierten sich anfangs der fünfziger Jahre. An Thomas Manns Entschluß, einem intolerant gewordenen Amerika den Rücken zu kehren und sich am Zürichsee niederzulassen, war Erika maßgeblich beteiligt.[2]

An einem späten Drehtag: Erika Mann ist da. Auch ihr erstes überarbeitetes Drehbuch zu Königliche Hoheit. Kühle Begrüßung, sie wirkt arrogant, kühl und abweisend. Ich überreiche ihr ein kleines Gefäß mit Salz, in Erinnerung an den Familienspruch ihres Hauses: »Erika muß die Suppe salzen!«. Das Eis scheint geschmolzen. Wir werden uns gut verstehen. Die »Sache« läuft!

Meine Information zu ihrem Beratungsvertrag: »Erika Mann steht der Produktion und insbesondere dem Regisseur zur Verfügung, um die von ihr durchgeführte Dialogänderung zu gewährleisten und bei Rückfragen aus dem Atelier beratend tätig sein zu können. Vertragsfrist ab 1. September 1953 bis zum 31. Oktober 1953.«

Auch für die ›alten Filmhasen‹ eine völlig neue Situation. Unbehagen unter den Stars Dieter Borsche und Ruth Leuwerick, denn auch an der Besetzung war ein Mitspracherecht eingeräumt, und die Dialoge konnten überarbeitet werden.«[3]

Erika bleibt während der Dreharbeiten wochenlang bei uns. Das »Klima« wird besser – so mein Eindruck.

Dank unseres tatkräftigen Kameramanns Werner Krien (MÜNCHHAUSEN, 1943 und GROSSE FREIHEIT NR. 7, 1944) – wir verwenden das neue Gevacolor-Farbmaterial – und unseres großartigen Regisseurs Harald Braun, stets Kavalier in den harten »Auseinandersetzungen«, liefern wir unsere Produktion termingemäß ab.

Das Produktionsprotokoll weist aus: »41 Bautage, 48 Drehtage (Wettereinbruch mit einberechnet), 206 Drehbuchseiten mit 460 Einstellungen im ›Kasten‹. Die Uraufführung am 22. Dezember 1953 wird ein voller Erfolg. Erika strahlt, Thomas Mann findet das Werk ›liebenswürdig und hübsch‹ und wir strahlen.«[4]

1955 – ein Schicksalsjahr

Während unserer Dreharbeiten zu Rolf Thieles MAMITSCHKA taucht unerwartet der »Mann-Clan« am 15./16. Mai auf: Thomas Mann; unser »Zauberer«, Katia, die auserwählte Gefährtin und unsere Erika; des Vaters »kühnes und herrliches Kind« – unsere »Oberaufsichtsdame«.

Ich habe Thomas Mann – in der Hektik der Begrüßung – als »ein würdiges Denkmal mit der ausstrahlenden Güte eines Achtzigjährigen« in lebhaftester Erinnerung.

Als sie uns verlassen, sollte es ein Abschied für immer sein – ein Abschied von Thomas Mann.

Am 20. August 1955 vermerkt Erika in ihrem Buch »Das letzte Jahr – Bericht über meinen Vater«, S. Fischer Verlag, Frankfurt am Main 1956: »... Wie von den Eltern trenne ich mich hier von den Tagebuchnotizen, ehe ich die Meinen wiedersah oder hörte. Brachten die Zeitungen mehr oder weniger ausführliche Berichte über Thomas Manns Besuch in Lübeck, die endgültige Versöhnung zwischen ihm und der Vaterstadt ... nicht ganz zwei Wochen trennten Lübeck vom achtzigsten Geburtstag, einem ›Lebensfest‹, das mein Vater nicht ohne Unruh auf sich zukommen sah!«[5]

12. August 1955

Lieber geliebter Zauberer,
Du warst gnädig geführt bis zum Ende,
und still bist Du fortgegangen,
von dieser grünen Erde![6]

1957
Ein Wiedersehen mit meinem Regisseur Kurt Hoffmann, ein Wiedersehen auch mit Erika Mann.

DIE BEKENNTNISSE DES HOCHSTAPLERS FELIX KRULL

»Hans Abich, eine der wenigen durchgeistigten und musisch veranlagten Persönlichkeiten in der Schar westdeutscher Nachkriegs-Filmproduzenten, (hat) jetzt den Mut aufgebracht, den ›Felix Krull‹ in optische Visionen zu verwandeln, jene ironisch-heitere Schelmengeschichte, jene ›Unvollendete‹ von Thomas Mann.«[7]

Wir drehen erstmalig in den Real-Film-Studios Hamburg-Wandsbek, unter der fürsorglichen Betreuung des damaligen Produzenten Gyula Trebitsch.

»Diesmal haben wir auf das richtige Pferd gesetzt!«, so unser Produzenten-Zitat.[8]

Ein »kurbelfertiges Drehbuch« – Robert Thoeren mit ein paar Seiten – kommt nicht zustande, Erika, gemeinsam mit Kurt Hoffmann, liefert es in letzter Minute. Geschmacklosigkeiten und Sinnwidrigkeiten sind entfernt.

Knallhart unser Drehkonzept: 1.100 000 DM verteilen wir auf 32 Drehtage. Mit unserem Kameramann Friedl Behn-Grund, ein alter »Fuchs« (»Hollywood – noch ein Schienchen«, so sein Tagesspruch), haben wir Glück. Die Ausstattung mit Robert Herlth (Bau) und Elisabeth Urbancic (Kostüm) ideal besetzt. Es läuft. Der Regisseur dirigiert mit »leichter Hand« die prominenten Darsteller – Horst Buchholz (seine Entdeckung), Liselotte Pulver, Ingrid Andree, Susi Nicoletti, Walter Rilla. Bei den Dialogen mischt Erika heftig mit. Kurt Hoffmann soll's nur recht sein. Eine reine Zeitfrage: Sein Anschlußfilmprojekt WIR WUNDERKINDER wartet bereits auf ihn.

»Ich bin dabei!«

Im Nachlaßwerk der Filmaufbau GmbH, Göttingen, folgender lapidarer Text zu FELIX KRULL:

»Kurt Hoffmann's ›Felix Krull‹, der um Hauptdarsteller Horst Buchholz eine prominente Besetzung versammelte, erzielte nach seiner Uraufführung im April 1957, Berlin, Einspielergebnisse, die ›die seit einem Jahr gewachsenen Sorgen der Firma zum erstenmal wieder etwas mildern‹.«[9]

»Erika blieb in allen Situationen eine ›standhafte Person‹.« Erikas Einwände gegen Filmkonzepte, Drehbücher und Dialoge erwecken den Eindruck, als habe es nur ein wirkliches Motiv gegeben. Das Werk ihres Vaters sollte durch die Verfilmung nicht verändert und entstellt, es sollte nicht verflacht werden. So erklärte es Erika nach außen. Zugleich, gegen alle Vorwürfe und Kritiken, erklärte sie, habe der Film seine besonderen Gesetze und Möglichkeiten, die nicht nur respektiert, sondern mit dem Roman in einen fruchtbaren Widerstreit gebracht werden müßten: Aufsicht über das Werk des Vaters, Neugier auf die Möglichkeiten des Films.«[10]

Nach den Dreharbeiten zu Felix Krull trafen wir uns häufig in der »Bar Celona«, einem Hamburger Transvestitenlokal. Erika taute auf, improvisierte ein gemeinsames Programm, eine echte »Betriebsnudel« mit Esprit und »gepfeffertem« Charme; nach dem Motto: »... machen wir doch etwas Besseres« – Leitmotiv zur Gründung ihres politischen Kabaretts »Die Pfeffermühle«. Es blieb ihr einziges »Kind«, das sie schmerzvoll einbüßte.

Nach dem Tode ihres Vaters verlor Erika ihre Streitsucht, mit der sie Regisseure und Autoren nicht selten in Rage versetzte. In den nächtlichen Gesprächen wurden wir Freunde, »Schicksalsknaben«, Buddenbrooks standen vor der Tür, eine »Galeerenarbeit« von dreieinhalb Monaten, Harald Braun erkrankte. »Der neue Regisseur, ein Geselle namens Weidenmann, der diesem Stoff und dieser Sprache so fern stand, wie ich Südkorea:«[11]

Die Odyssee der Buddenbrooks

»Einer der aufregendsten Vorgänge in der Geschichte des Films:

Im November 1959 kam in einer feierlichen Premierenveranstaltung in den Lübecker Stadthallen ein Spielfilm zur Aufführung, dessen Vorbereitung teilweise mit rechtswidrigen Umständen zu kämpfen hatte und die Filmaufbau GmbH, Göttingen, mehrere Jahre beschäftigte.

Der zweiteilige Spielfilm Buddenbrooks war vermutlich die aufwendigste aller Filmaufbau-Produktionen ›nach Thomas Mann!‹. In der Starbesetzung Liselotte Pulver, Lil Dagover, Hans Jörg Felmy, Nadja Tiller, Hanns Lothar – vor der Kamera des exzellenten Friedl Behn-Grund.

Vorgesehen: Harald Braun als Regisseur, er erkrankte, starb aus unerfindlichen Gründen vor seinem sechzigsten Lebensjahr, und Alfred Weidenmann sprang ein.«[12]

In 68 Tagen wurden beide Teile abgedreht mit einer Überschreitung von einer knappen halben Million DM.

Die Aufregungen und auch Presseskandale waren völlig anderer Art:

Dem ausdrücklichen Wunsch Thomas Manns folgend, sollte die Buddenbrooks-Verfilmung ein gesamtdeutsches Projekt werden. 1956 schlossen die Defa und die Filmaufbau GmbH, Göttingen, einen »Vertrag über die gemeinsame Herstellung« des Projektes, vorgesehen war Harald Braun als Regisseur.

Verleih- und Autorensuche führten zu den ersten Verzögerungen. 1957 hatte man sich geeinigt: Der Film würde in Babelsberg gedreht.

Am 13. Februar 1958 schaltete sich das Bundesministerium für Gesamtdeutsche Fragen völlig unerwartet ein und lehnte die Co-Produktion aus weltanschaulichen Gründen ab. Das bedeutete: Nach jahrelangen Verhandlungen auf beiden Seiten die Auflösung der Verträge!

Nach langen, internen Diskussionen über Drehbuch und Besetzung konnte die Filmaufbau GmbH, Göttingen, dann ein Jahr später (1959) mit den Dreharbeiten in den Hamburger Real-Film Studios beginnen.

Im Alleingang.

Die Außenaufnahmen drehte man natürlich in Lübeck und in Travemünde.

Das Mann'sche Filmtrio mit Königliche Hoheit, Felix Krull und Buddenbrooks war glücklich abgedreht, da wurde es dem ›Erbverweser‹ Golo Mann nach dem Tode von Thomas Mann (1955) klar, daß die kommenden Stoffe viele Regisseure überfordern würden.

Der Zauberberg (1982) wurde so ein »Fall« mit der Abfassung des Drehbuchs, das achtmal umgeschrieben werden mußte; so nach internen Angaben.

Es kam zu einem Eklat: »Golo Mann blockierte den ›Zauberberg‹ vorübergehend wegen künstlerischer Bedenken per Gerichtsbeschluß. Um so grandioser Geißendörfers Erfolg mit einem prächtigen Film«.[13]

»Auch der deutsche Filmmogul und Filmkaufmann Leo Kirch hatte angeblich Pech: Luchino Visconti drehte 1971 den ›Tod in Venedig‹ ohne Erwerb der Rechte. Kirch prozessierte jahrelang mit italienischen Gerichten. Kirch gewann zu einem Zeitpunkt, als die ›cleveren Italiener‹ die Auswertung des Films ›Tod in Venedig‹ an die Warner Brothers abgetreten hatten. Raffiniert, aber nicht branchenüblich«.[14]

»Tonio Kröger« ist ebenso wie das von der Filmaufbau nicht mehr durchgeführte Projekt »Zauberberg« – laut Hans Abich – ein Beispiel dafür, wie schwierig die Realisation von Spielfilmen Mitte der sechziger Jahre für die sogenannten »Altproduzenten« geworden war, die sich literarischer Vorlagen bedienten. Hans Abich im Nachlaß der Filmaufbau GmbH: »Tonio Kröger« – für Thomas Mann-Experten wohl die schönste Novelle – und »Wälsungenblut« – Thema Blutschande und Geschwisterliebe – seinerzeit wütender Einspruch des Schwiegervaters Pringsheim, der einen großen Skandal noch vermeiden konnte, kamen nur durch eine Intervention von Franz Seitz und Hans Abich in Kirchberg zustande, »man« antichambrierte bei Erika Mann, die sich dann noch als Drehbuchautorin zur Verfügung stellte.«[15]

Die Idee, die lange Zeit verschollene Inzestgeschichte – ich meine, auf dem Büchermarkt gab es nur eine englische oder französische Fassung – in ein abendfüllendes Kinostück zu verwandeln, ging von Franz Seitz aus, als er mit Rolf Thiele »Tonio Kröger« verfilmte.

Es war Mut, aber gewiß der »Mut eines Verzweifelten«.

Schließlich zur Diskussion: der DDR-Film LOTTE IN WEIMAR (1975). Regie: Egon Günther, einer der erfahrensten Defa-Regisseure.

Die westdeutsche Presse »zerfetzte« ihn, »Personalkult mit Popanz-Goethe«, ein »Provinz-Poet«, ein »Anti-Goethe-Film«, aber der Spielfilm fand auch bei uns Aufnahme und Anerkennung.

Gehen wir einer neuen Verfilmungswelle von »Thomas Mann-Stoffen« – es sind noch genügend vorhanden – entgegen?

Da ist zum Beispiel das gigantische Werk »Joseph und seine Brüder« mit seinen 1.364 Buchseiten. Wer macht das Rennen – Hollywood?

Oder gibt es nicht genügend deutsche Filmproduzenten, die sich der Tradition literarischer Werke verpflichtet fühlen?

Oder ist es eine Geldfrage? Keineswegs, der beste Beweis: Produzent Jürgen Haase mit MARIO UND DER ZAUBERER.

Eine neue »Thomas Mann-Renaissance« – vielleicht? Eine »Mutfrage« – ganz bestimmt!

---

1 Findbuch zum Nachlaß der Filmaufbau GmbH, Göttingen 1946–1960, S. 11 (mit Zustimmung des Produzenten Hans Abich).
2 Erika Mann. Briefe und Antworten, Teil II, Kapitel 1. Abschied von Amerika. Edition Spangenberg im Ellermann Verlag 1985.
3 Findbuch zum Nachlaß der Filmaufbau GmbH, Göttingen 1946–1960, S. 11 (mit Zustimmung des Produzenten Hans Abich).
4 ebenda.
5 Erika Mann. Das letzte Jahr. Bericht über meinen Vater. Fischer Taschenbuch Verlag 1956, S. 44.
6 ebenda.
7 Vitus B. Dröscher, Frankfurter Rundschau, 11. 2. 1957. Zitiert aus: Film – Materialien (3): Filmaufbau GmbH Göttingen. Hrsg. von Hans-Michael Bock und Wolfgang Jacobsen. Hamburg, Berlin, Hannover 1993, S. 29.
8 ebenda.
9 Findbuch zum Nachlaß der Filmaufbau GmbH, Göttingen 1946–1960, S. 45 (mit Zustimmung des Produzenten Hans Abich).
10 Irmela von der Lühe. Erika Mann – Eine Biographie. Campus, Frankfurt a. Main / New York 1993, S. 256/267.
11 Erika Mann. Briefe und Antworten, Band II. Hg. Anna Zanco Prestel. Edition Spangenberg im Ellermann Verlag 1985, S. 88/89.
12 Findbuch zum Nachlaß der Filmaufbau GmbH, Göttingen 1946–1960, S. 17 (mit Zustimmung des Produzenten Hans Abich).
13 Barbara Schardt. Wie die Schriftstellerfamilie Mann vermarktet wird. Erbmann, Capital 4/82, S. 304.
14 ebenda.
15 ebenda.

EPILOG

Wir haben tage- und nächtelang diskutiert,
immer hast Du das Wort Deines Lehrmeisters
»mannstoll« verteidigt.
Stets bemüht,
das Gesetz des Films zu respektieren.

Erika
es war ein weiter Weg mit Dir,
wir haben geweint und gelacht,
gestritten und uns versöhnt.
Du warst eine von »uns«.
Wir blenden uns aus:

Der Saal wird dunkel,
Der Zauber beginnt,
die Bilder laufen.
Wir halten den Atem an -
sind fasziniert:
»Film kann Kunst sein!«
»Lieber geliebter Zauberer!«

*Am 27. August 1969 starb Erika Mann
im Zürcher Kantonsspital
an den Folgen eines Gehirntumors.*

Peter Grochmann

BILDER SIND BEGEGNUNGEN
Visuelle Impressionen

Marcello und Christiana, 1994, Öl auf Leinwand, 50 × 70 cm

Bilder sind Begegnungen.
Frühjahr 1993. Auf einer Bilderausstellung in Hamburg lernte ich Jürgen Haase kennen.

Eine Artisten- und Clown-Serie, ausgestellt in einem italienischen Restaurant, brachte uns ins Gespräch. Jürgen Haase steckte mitten in den Vorbereitungen zu seinem neuen Filmprojekt MARIO UND DER ZAUBERER. Er schlug mir vor, die Dreharbeiten mit einem Skizzenblock zu begleiten; Menschen, Landschaften, Situationen festzuhalten aus dem Blickwinkel eines Malers – und das in Sizilien. Eine ungewöhnliche, für mich völlig neue Idee. Ich willigte ein.

Zum ersten Mal konnte ich hinter die Kulissen eines Filmprojektes sehen, also einen zeichnerischen Kommentar zu einem Film geben.

In den Drehpausen lernte ich den Regisseur, das Team und die Schauspieler kennen und machte erste Zeichnungen von Rolf Hoppe und Klaus Maria Brandauer.

Rolf Hoppe, 1993, Pastell, 70 × 50 cm

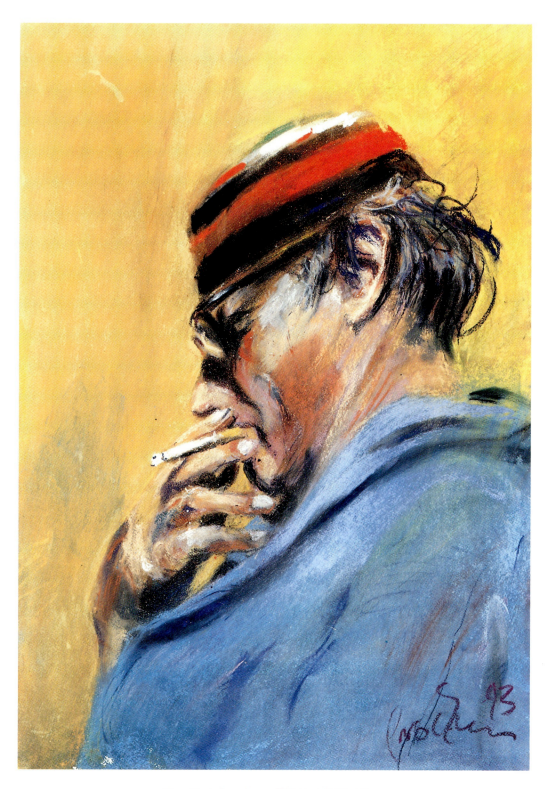
Klaus Maria Brandauer, 1994, Pastell, 70 × 50 cm

Cipolla in der Tonnara, 1994, Öl auf Leinwand, 170 × 140 cm

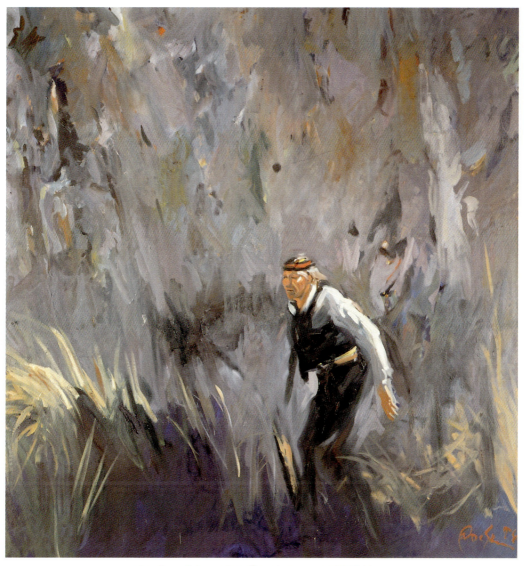

Cipolla am Felsen, 1994, Öl auf Leinwand, 140 × 140 cm

Ich begann, Eindrücke zu sammeln – Skizzen und Fotos entstanden.

Faszinierend waren die Küste, Landschaften, die alte Villa, die Gassen im nächtlichen Palermo, die Fischmärkte, dazu die Hektik an den Drehorten und die ständige Anspannung der Künstler.

Also, bei den Skizzen konnte es nicht bleiben. Die Idee einer Ausstellung zur Filmpremiere entstand.

Zurück von Sizilien arbeite ich seit Anfang des Jahres an den ersten großen Tafelbildern nach Skizzen, Erinnerungen und Fotos.

Es ist ein Abenteuer und ein Genuß, noch einmal in die Landschaft Siziliens und die Gesichter der Schauspieler einzutauchen. Jetzt ernte ich die Früchte dieser intensiven Reise. Stück für Stück hole ich die Bilder der Tonnara, das Licht an der Felsenküste, die Masken der Komparsen wieder hervor. Hö-

Der Zaubertisch, 1994, Öl auf Leinwand, 50 × 60 cm

hepunkte waren sicherlich die letzten Drehtage in Marzamemi, die faszinierende Kulisse einer alten Fischhalle mit den alten Thunfischbooten und Fischkörben. Ich war mitten in einem Film. Der Platz mit den kleinen, engen Häusern hinter der Tonnara erschien mir wie ein Traum, es kam mir so vor, als ob ich schon einmal hiergewesen wäre – vor langer Zeit.

Unvergessen bleiben mir die Gesichter der sizilianischen Dorfbevölkerung, die »mitspielte«, abends in der kleinen Bar in Marzamemi. Schnell hatten einige spitz bekommen,

daß ich sie heimlich skizzierte. So mußte ich der Reihe nach kleine Portraits zeichnen, die mir dann auch gleich aus dem Skizzenbuch gerissen wurden. Als Gegenleistung bekam ich Adressen für meinen nächsten Besuch.

Die kommenden Monate bis zur Premiere des Films werde ich weiter im Atelier arbeiten und manchmal die Filmbilder am Schreibtisch mit meinen Bildern vergleichen.

Im Unterschied zum Film, der sich aus vielen Momenten zusammensetzt, die ein »lebhaftes« Bild vermitteln, halte ich einen einzigen Augenblick fest – Begegnungen.

Rolf Hoppe, 1993, Pastell, 70 × 50 cm

Cefalù, 1994, Öl auf Leinwand, 50 × 70 cm

Die Nachtstudie vor der Tonnara, 1994, Öl auf Leinwand, 70 × 50 cm

BESETZUNG

Herr Fuhrmann	·	JULIAN SANDS
Frau Fuhrmann	·	ANNA GALIENA
Stefan Fuhrmann	·	JAN WACHTEL
Sophie Fuhrmann	·	NINA SCHWESER
Mario	·	PAVEL GRECO
Silvestra	·	VALENTINA CHICO
Prefetto Angiolieri	·	ROLF HOPPE
Sofronia Angiolieri	·	ELISABETH TRISSENAAR
Graziano	·	PHILIPPE LEROY BEAULIEU
Pastore	·	IVANO MARESCOTTI
Francesco	·	TONY PALAZZO
Bürgermeister	·	LUIGI PETRUCCI
Principessa	·	DOMIZIANA GIORDANO
Fuggiero	·	ANTHONY PFRIEM
Principe	·	VINC ENZO BELLANICH
Gouvernante	·	STEPHANIE BOSL
Marcello	·	FRANCO CONCILIO
Christiana	·	PETRA REINHARDT

und

in der Rolle des Cipolla
KLAUS MARIA BRANDAUER

STAB

Regie	·	KLAUS MARIA BRANDAUER
Drehbuch	·	BURT WEINSHANKER
Kamera	·	LAJOS KOLTAI
Schnitt	·	TANJA SCHMIDBAUER
Musik	·	CHRISTIAN BRANDAUER
Ausstattung und Kostüme	·	PETER PABST
Bauten	·	ADRIANA BELLONE
Ton	·	WALTER AMANN
Tonmischung	·	MANFRED ARBTER
Maske	·	GERLINDE KUNZ
	·	PAUL SCHMIDT
	·	FRIEDERIKE REIMER
	·	MARGA BOTHILLA BERGSCHMIDT
Special Effects	·	ENRICO UND MARCO VAGNILUCA
Produktionsleitung	·	MICHAEL BITTINS
Herstellungsleitung	·	PETER HAHNE
Redaktion	·	EBERHARD GÖRNER
ZDF-Redaktion	·	ALFRED NATHAN
ORF-Redaktion	·	CHRISTEL KULNIGG
Produzent	·	JÜRGEN HAASE

35mm, Farbe, 120 Min.
Technische Ausrüstung von ARRI RENTAL gedreht auf ARRI FLEX 535
Kodak-Eastmancolor – Atlantik Filmkopierwerk GmbH
Postproduction Studio Hamburg
Mischung Studio Babelsberg

Eine deutsch – französisch – österreichische Coproduktion
der PROVOBIS FILM – ROXY FILM – THORSTEN NÄTER FILM
mit FLACH FILM – PARIS und SATEL FILM – WIEN
in Gemeinschaftsproduktion mit dem ZDF, ORF und Canal +
© PROVOBIS 1994

Dieser Film wurde hergestellt mit Unterstützung
des Bundesministeriums des Innern, der Filmförderungsanstalt Berlin,
des Österreichischen Filminstituts, des Film Fonds Hamburg,
der Bayerischen Filmförderung, der Filmstiftung NRW GmbH,
der Berliner Filmförderung
und des FONDS EURIMAGES des Europarates.

Verleih: Senator
Weltvertrieb durch BETA FILM, München

Deutsche Premiere: 15. Dezember 1994

AUTOREN

Klaus Maria Brandauer
geboren 1944 in Bad Aussee, Steiermark. Studium an der Hochschule für Musik und darstellende Kunst in Stuttgart. Bühnendebüt 1962 am Landestheater Württemberg-Hohenzollern als Claudio in »Maß für Maß«. Nach Engagements in Salzburg, Düsseldorf, Wien und München seit 1972 Ensemblemitglied am Burgtheater Wien.
Filmdebüt im amerikanischen Agententhriller THE SALZBURG CONNECTION (1971). Internationalen Ruhm als Leinwandstar erlangt er durch die Zusammenarbeit mit dem ungarischen Regisseur István Szabó, der ihn als Protagonisten für MEPHISTO (1980/81), OBERST REDL (1984) und HANUSSEN (1987) verpflichtet.
Weitere herausragende Rollen in Sydney Pollacks JENSEITS VON AFRIKA (1985 – Oscar-Nominierung für die beste Nebenrolle) und in Bernhard Wickis DAS SPINNENNETZ (1989). Seinen ersten Film als Regisseur, GEORG ELSER – EINER AUS DEUTSCHLAND, inszenierte er 1989.

Eberhard Görner
geboren 1944 in Niederwürschnitz, Erzgebirge. Studium der Germanistik und Geschichte in Leipzig, anschließend in Potsdam-Babelsberg Regie- und Dramaturgiestudium. 1972–1990 Dramaturg und Autor zahlreicher Film- und Fernsehproduktionen. 1990 zum Beispiel Verfilmung der Thomas-Mann-Novelle DER KLEINE HERR FRIEDEMANN.
1988–1991 Gastprofessuren im In- und Ausland; zahlreiche publizistische und essayistische Veröffentlichungen. Seit 1992 leitender Redakteur des PROVOBIS in Berlin.

Peter Grochmann
geboren 1956 in Gelsenkirchen. Studium der Kunst und Germanistik in Dortmund. 1984–1993 Studienreisen in die Toscana, nach Belgien, Andalusien, Süd-Norwegen, Sizilien. Seit 1981 mehr als 70 Einzelausstellungen, außerdem zahlreiche Bühnenbild-Entwürfe und Buchillustrationen.

Jürgen Haase
geboren 1945 in Berlin. Dreijährige Nachwuchsförderung für Film und Fernsehen in Hamburg. Filmakademie in Berlin. 1970–1980 Autor und Regisseur mehrerer Fernsehspiele für ARD und ZDF.
Für den Kinderfilm GÜLIBIK, eine deutsch-türkische Co-Produktion, wird er zur Berlinale 1984 mit dem CIFEJ-Preis ausgezeichnet. Seit 1983 Geschäftsführer und Produzent der PROVOBIS Gesellschaft für Film und Fernsehen mbH, Berlin und Hamburg. 1985–1992 Produktion dramatischer Fernsehspiele und Spielfilme wie QUATRE MAINS und DIE JOHANNISPASSION. DAS SPINNENNETZ (Regie: Bernhard Wicki) ist 1989 offizieller deutscher Wettbewerbsbeitrag in Cannes, wird für den Oscar nominiert und erhält vier deutsche Filmpreise. Seit 1992 Lehrauftrag an der Hanseatischen Akademie in Hamburg, Fachbereich Drehbuch und Regie. 1993/94 Produzent von MARIO UND DER ZAUBERER.

Frank Roell
geboren 1917 in Danzig. Während des Krieges Studium an der Friedrich-Wilhelm-Universität Berlin mit gleichzeitiger Seminarausbildung an der Filmakademie Ufa-Babelsberg. Über 50jährige Berufserfahrung als Produktions- und Herstellungsleiter an den Produktionsstätten Filmaufbau Göttingen (Hans Abich), Bavaria Fernsehen (Dr. Jedele) und Studio Hamburg (Prof. Trebitsch), Redakteur für Kultur, Dokumentation und Stoffentwicklung bei PROVOBIS. Seit 1992 Dozent für Filmgeschichte und Produktion an der Hanseatischen Akademie in Hamburg.